MARKUS WIDEGREN

ALLA BÄR EN SKUGGA

I denna romansvit har hittills utgivits

Ett sprucket kärl (2020)

Alla bär en skugga (2020)

Andra romaner

Lerijazads requiem (1997)

Kundöppnad (2001)

De retikulära skrifterna (2002)

Om flickor och döden (2009)

Bestmannen (2011)

Mer om författaren

markuswidegren.se

"Unfortunately there can be no doubt that man is, on the whole, less good than he imagines himself or wants to be. Everyone carries a shadow, and the less it is embodied in the individual's conscious life, the blacker and denser it is."

*— **Carl Gustav Jung***
Psychology and Religion (1938)
Collected Works 11, p.131

Första delen

1

Trädens grenar piskade honom obarmhärtigt i ansiktet. Gav honom rapp efter rapp över huvudet, armarna, benen. Som om han av någon anledning förtjänade att straffas av den nästan levande massa av tät lövsly han banade sig väg genom.

Allt var grönt runt honom.

Han var på väg framåt. Inget kunde hindra honom. Inte ens de tunna plågande grenarna som rev och slog hans kropp medan han kämpade för att tränga sig fram genom snåren. Vidare, vad som än hände.

Kanske var det inte träden som straffade honom, kanske var det han själv som späkte sig med det grönskande riset.

Han skulle sluta en cirkel. Stänga en dörr.

Det var viktigt. Han måste lyckas.

Grönt, grenar och blad – björk och asp som verkade hata honom.

Efter att ha gått i flera timmar började han slutligen bli så trött och andfådd att han nästan bara hörde sina egna andetag och grenarnas vinande piskrapp.

Det var som om han banade sig väg genom ett igenvuxet Via Dolorosa.

Förr hade han alltid varit smidig, hållit kroppen i hyfsad trim, men nu verkade han bara mager, stel och sliten. Det bruna håret var oklippt och stripigt och hans blå ögon var trötta och dimmigt bleka, som om de hade slitits särskilt hårt under de senaste av de totalt fyrtiosju år han hade levat. Tänderna var gulnade och han spottade alltid blod eftersom aggressiv tandsten inflammerat hans tandkött och nu härjade fritt utan att motas tillbaka av regelbunden tandvård. Han var även rädd att det blödande tandköttet betydde att tänderna var på väg att lossna i skörbjugg.

Undernärd och med vitaminbrist hade han på sista tiden ofta drabbats av förkylningar och segdragna perioder med svår hosta. Immunförsvaret var kört i botten av hans torftiga diet. För bara några veckor sedan hade han varit nära att dö av hög feber då han låg ensam med frossa och hallucinationer i en övergiven gammal hölada utanför staden.

Det var när han trots allt överlevde den natten han bestämde sig för att han inte kunde skjuta upp det han måste göra längre.

Så i smutsiga byxor och en mörkgrön skjorta full med hål kämpade han sig därför fram genom grönskan. En sliten svart canvasjacka satt fastspänd tillsammans med en grå, hårt hopvirad filt under locket på ryggsäcken han bar på ryggen.

Han var andfådd och svettig, kläderna klibbade mot huden. Ryggsäcken var tung och varm på ryggen, men han kunde inte lämna den. Den innehöll allt han ägde. I ryggsäcken fanns hela hans värld.

Den här sista täta björk- och aspskogen innan han kom fram till huset var knappt mer än hundra meter bred, men det kändes som om han hade gått genom den i flera timmar. Så många tankar virvlade runt i hans huvud att han till slut inte tänkte något alls. Allt blev ett surrande brus i hans huvud. Som en kaotisk svärm av flygande insekter.

När naturen väl har bestämt sig så tar den på bara några år tillbaka vad den förlorat. Sist han var på den här platsen hade träden bara varit som små buskar. Sist han var här hade han varit välklippt, nyrakad och klädd i en skräddarsydd kostym.

Men mycket kan hända på bara några få år. Det visste han alltför väl. Mycket kan hända på bara några få dagar också om det vill sig illa.

Svetten rann och han kände sig smutsig och äcklig. Det var över en vecka sen han hade kunnat tvätta sig och det korta skägget kliade enerverande i värmen.

Det var full sommar ute och solen brände rakt ner bland de unga träden.

Hur nära huset han nu än befann sig så var han tvungen att stanna och vila en stund. Orken sinade och ansträngningen av att ta sig genom björkdjungeln hade torkat ut honom. Han stannade upp och lyssnade på bladens prasslande ett par ögonblick. Sedan tog han av sig ryggsäcken och letade bland kläder och konserver fram en liten pet-flaska med vatten som han drack djupa klunkar ur.

Till slut hällde han lite vatten i ansiktet för att svalka sig. Vattnet dämpade klådan i skägget och en kall dusch hade nog inte varit fel.

Törsten var släckt, men nu hade han börjat känna sig hungrig också. Fast det fick vänta tills han kom fram. Nu gick mötet med huset inte skjuta upp längre. Han kunde känna dess tunga närvaro framför sig.

Medan han vilade slöt han ögonen och tycktes bege sig någon annanstans. Hans slitna kropp stod kvar i det gröna medan hans sinne besökte bättre tider.

På något sätt stod han där och verkade förfallen, som om han halkat ut på sidan av tillvaron, på sidan om sig själv till och med. Han utstrålade den där märkliga känslan av att inte längre tillhöra det vanliga samhället. Om han var en hemlös uteliggare eller av civilisationen utstött på grund av något annat var svårt att avgöra. Han hade passerat över gränsen och blivit en av de där andra.

Något stod inte rätt till i hans bleka, hopplösa ögon. Kanske det var därför han blundade.

För att ingen skulle se.

För att dölja sitt inre, dölja vem han var.

Han stod som en fallen ängel utanför tiden och vilade i det gröna.

Då hördes plötsligt ett prasslande längre bort bland träden.

Med ett hårdare tag om vattenflaskan kisade han mellan bladen för att se vad det var som rörde sig därborta.

Något ljust blinkade till. En människa. Det var helt klart en människa. Någon sprang mellan träden och brydde sig inte om hur mycket han piskades eller revs på vassa grenar. Någon var på flykt.

Tanken på att själv behöva springa genom den täta vegetationen skrämde honom. Han såg sig om för att förbereda sin egen flykt om det skulle behövas, var fanns den bästa flyktvägen? Han såg sig också om för att försöka upptäcka vilken fara den andra människan flydde från. Men han såg inget.

Så upphörde prasslandet och rörelserna som om inget hade hänt. Vem det nu än var hade passerat och det blev stilla igen. Tack och lov verkade han slippa springa. Det var svårt nog att ta sig fram gående.

Med vaksamma ögon väntade han på att något mer skulle dyka upp. Men han såg ingen som verkade följa efter. Allt var lugnt igen.

På något sätt förstod han vad han hade sett. Eller så bestämde han sig bara för vad han sett. Han visste ju vad som hade hänt här.

Platsen hade en historia och han var en del av denna historia.

Nästan tio år hade gått, men han visste exakt allt som hade hänt. Det gick inte att utplåna eller göra annorlunda. Han levde med det och vissa dagar gick det bra. Andra dagar bubblade det upp i halsen på honom och läckte ut som tårar ur ögonen.

Det som hade hänt hade förändrat hans liv. Det hade krossat allt han hade. Därför bodde han nu i en ryggsäck. Därför var han ensam. Därför hade han återvänt för att avsluta det som då hade påbörjats.

Därför gick han i grönskan på väg mot ett slut.

Inget skulle gå att ställa till rätta, men han kunde i alla fall göra det som var rätt nu. För honom fanns det bara en väg ut. Av honom krävdes att han tog sig tillbaka till huset och konfronterade det han flytt från de senaste åren.

Hur det än slutade skulle detta bli hans sista dagar utanför världen.

På något sätt skulle flykten och utanförskapet ta slut. Han var bara lite osäker på hur det skulle gå till.

Men en början var att återvända till huset. Kanske skulle han komma på vad han skulle ta sig till när han väl var där. Kanske skulle han kunna börja om på nytt om han bara tog sig dit och tänkte över saken.

Fanns det något sätt att bli förlåten och renad var det i huset det skulle ske.

När inget mer rörde sig bland löven packade han ner flaskan och tog på sig ryggsäcken igen.

Det var bara ett par hundra meter kvar.

Sakta började han bana sig väg framåt igen. Sakta, som om han egentligen inte ville komma fram. Som om han helst hade velat stanna kvar i det gröna lugnande prasslet han befann sig i.

Men han hade inget val. Huset var hans mål. Det gick inte undvika.

Han var Karl Reimann, före detta mäklare, före detta make, före detta styvfar.

Allt han var hade han förlorat.

Grenarna piskade honom i ansiktet.

Allt var grönt runt honom.

2

Huset stod där med kompakt granskog bakom sig och en stor vildvuxen grusplan på framsidan. Det stod där och var dystert, tungt och sprucket. Nedklottrat och över hälften av fönsterrutorna var trasiga.

Två våningar högt, en källare, en vind.

Karl Reimann hade varit där många gånger förut. I ett annat liv kändes det som.

Fasaden var en obestämbar gulgrönbeige nyans som man bara hittar på gamla militärbyggnader. Putsen hade dock rämnat och avslöjade blocken den murats av. Ett par rostiga stuprör på vardera sida försökte rama in fasaden på ett totalt misslyckat sätt.

Källardörren var igenspikad med plank och källarfönstren täckta av rostiga plåtar. Några unga aspar tryckte sig mot huset och gav blanka fan i att någon hade försökt bygga ett stycke civilisation här. Gräset i gruset, de uppkäftiga asparna och all rostig metall skvallrade om att huset varit övergivet många år.

Det hade varit övergivet långt innan Karl såg det senast.

Han stod fortfarande i trygghet vid utkanten av grusplanen, med den täta snårskogen alldeles bakom sig.

Han stod där och stirrade på huset.

Huset byggdes i början på trettiotalet och låg inte långt från en liten sjö. Innan allt växte igen hade det varit natursköna områden i närheten. När bygget påbörjades tänkte man att det skulle bli ett sanatorium för tuberkulospatienter. Men sedan kom andra världskriget och militären flyttade istället in i huset under stort hemlighetsmakeri.

Karl stirrade tillbaka på det iakttagande huset. Alla dess svarta, spruckna ögon tyckes betrakta honom. Det tycktes hata honom där det låg åldrande och sönderfallande. Det hatade honom kanske för att han kunde röra sig, för att han kunde ge sig av härifrån, och ändå inte gjorde det.

Men att ge sig av var något han faktiskt inte kunde. Det här var hans slutstation. Han var här eftersom han var tvungen. Han hade inte mer val än huset. Han var också tvungen att vara här.

Ovanför den rejäla ytterdörren satt en liten skylt med husnumret 216. Karl hade alltid undrat var de andra två-hundrafemton husen fanns.

En liten, vid det här laget halvt igenvuxen, grusväg ledde bort mot närmaste stora väg. Det fanns inte ett enda annat hus längs hela vägen. Så numret var lite av ett mysterium.

Efter att ha tagit några steg ut ur den relativa säkerheten i skogen stannade Karl och stirrade på huset och dess mörka fönster. Noga granskade han vart och ett som om han förväntade sig att se någon eller något nånstans. Men fönstren var bara svarta och tomma, där fanns inget att se.

Detta fick honom att slappna av lite. Som om han hade tänkt sig att nåt skulle hända när han kom fram och nu blev lättad av att slippa det.

Det är inte lätt att kämpa mot sin inbillningsförmåga.

Eftersom han var medveten om detta stod han orör-ligt kvar när han återigen tyckte sig se någon han inte riktigt visste vem det var. I skogsbrynet på andra sidan grusplanen såg det ut att stå en blek silhuett av en män-niska. Men han var inte säker. Solen var skarp och gjorde hårda kontraster av alla skuggor. Det kunde lika gärna vara en illusion.

Han stirrade och ögonen tårades av ansträngningen. Men han kunde ändå inte avgöra om det stod någon där eller inte. Kanske var det hans samvete som försökte slå i honom att det stod en person där och väntade på honom. Hans skuld skapade en synvilla.

Det tog flera minuter innan han bestämde sig för att han stirrade på något som inte fanns och gick fram för att se efter. Mycket riktigt var det bara inbillning. Det fanns ingen människa där.

Han har stått och varit rädd för en skugga.

För Karl var det fullkomligt logiskt att vara försiktig. Han visste vilka effekter oförsiktighet i närheten av huset kunde ha.

Huset var inte vilket hus som helst, det var speciellt. Där hade skett saker.

När han äntligen bestämt sig för att det inte fanns någon i närheten och att huset fortfarande var övergivet, började hungern återigen göra sig påmind. Det var flera timmar sedan han hade ätit något.

Fortfarande brukade han, av gammal vana, tänka han att han skulle åka hem och äta. Sen kom han på att han inte hade nåt hem att åka till längre. Det kändes ibland som om det senaste decenniet av rotlöshet och förvirring inte hade existerat. Sen insåg han, sen mindes han.

Eftersom han inte riktigt var redo än bestämde han sig för att han behövde få något i magen innan han gick in i huset. Som om han var tvungen att acklimatisera sig först. Han behövde sätta sig en stund och vänja sig vid tanken på att han skulle gå in i huset igen. Han var tvungen att förbereda sig mer innan han gick närmare.

Därför stannade han igen och lade ifrån sig ryggsäcken där han stod på gränsen mellan det skyddande gröna och det han betraktade som sitt privata helvete inne i huset.

För säkerhets skull gick han sedan närmare huset för att se efter så att ingen fanns därinne. När han närmade sig ytterdörren såg han att den var igenvuxen och inte hade öppnats på länge. Det var omöjligt att någon hade tagit sig in utan att slita bort gräs och mossa från tröskel och dörrkarm.

Huset var tomt.

Det fick honom att känna sig tryggare och efter att ha slagit en lov fram och tillbaka till husets kortsidor utan att se något annat än ett par pallar med oanvänt taktegel på högra sidan och en liten redskapsbod på den vänstra, återvände han till sin ryggsäck.

Där spände han loss filten och satte sig vant på den medan han grävde vidare efter något att äta. Han fick fram en köttbullsbaguette som han stulit i kiosken på busstorget inne i stan. Efter att ha virat upp den ur förpackningen plockade han bort tomatskivorna, som han bara tyckte var sladdrigt äckliga, och började sedan bita i sig rejäla tuggor. Det hade tagit på krafterna att ta sig hit. Både fysiskt och psykiskt.

Resan hade varit lång. Tio år lång.

Han satt och åt och vande sig vid tanken på att han skulle in i huset igen.

Det stirrade fortfarande på honom med sina trasiga ögonfönster.

Men han var inte rädd.

Han skulle gå in så fort han hade ätit färdigt.

3

Tio år innan han satte tänderna i den stulna smörgåsen utanför det förfallna huset satt Karl Reimann i sitt eget kök, i sin egen lägenhet, och åt sin egen frukost.

Han var då bara trettiosju år gammal och tillsammans med sin fru Gabriella och hennes tonåriga dotter, hans styvdotter, Jessica, bodde han i en stor femma. Det var en nyrenoverad bostadsrätt som låg på fjärde våningen i ett lugnt område en bit utanför centrum. På parkeringen utanför stod hans nya svarta BMW, gedigen tysk kvalitet, och Gabriellas röda Alfa Romeo, italienskt eldig och exklusiv. Det var viktigt att deras bilar stod där bredvid varandra och syntes. Ingen visste hur länge han hade fått sitta och förhandla på banken den här gången innan lånet på hans bil gick igenom.

I vardagsrummet fanns en stor teve med surround-anläggning, den senaste tevespelskonsolen och en smakfull inredning med väl utvalda möbler som han definitivt inte hade behövt montera ihop själv.

I köket fanns en espresso-maskin de knappt använde som han hade köpt för dyra pengar enbart för att den med sin retrodesignade röda plåt och blanka vipp-kontakter såg snygg ut. De prenumererade på DN, sopsorterade noga och hade, trots att Jessica önskat sig ett husdjur när hon var yngre, aldrig haft något eftersom det skulle håra ner och ställa till med oreda i det annars så perfekta hemmet.

Karl jobbade på en mäklarfirma, hans fru Gabriella var Art Director på en kommunikationsbyrå och Jessica gick i högstadiet.

Det var en annan tid, ett annat liv.

I denna nu så avlägsna värld satt Karl vid frukosten och försökte få någon rätsida på de dokument han en timme senare skulle presentera för chefer och medarbetare på mäklarfirman där han jobbat de senaste sju åren.

Han satt där med en kopp vanligt svart kaffe i handen och hade redan knutit slipsen för att vara beredd på att ge sig iväg. Då och då drog han handen genom sitt noga stylade hår och kastade sedan en blick på sitt armbandsur. Tiden var viktig för honom på den tiden.

Allt som skulle komma var honom då främmande. Hans hemlösa framtid existerade inte än, hans förtvivlan och förfall låg fortfarande i framtiden. Tiden skulle för honom upphöra att finnas till, den skulle bli betydelselös. Klockan skulle han en dag lämna in på en pantbank och aldrig lösa ut igen.

Lyckligt ovetande om framtiden satt han och lade all sin uppmärksamhet på den affär han var på väg att genomföra. Utan att tala om det för resten av familjen hade han tagit stora lån för att kunna upprätthålla illusionen om framgång. Ett sammanbrott hade varit på väg längre än han ens ville erkänna för sig själv. En bonus och löneförhöjning skulle vara enda räddningen nu.

Hans liv hade kommit att fullständigt kretsa runt pengar och illusionen av framgång. Det var viktigt att folk såg hur duktig han var. Denna Karl var egentligen en helt annan människa än den Karl som åt sin baguette utanför huset tio år senare. Ändå var de en och samma.

Ingen av dessa hans två sidor skulle ha förstått den andre om de hade träffats.

Men det är väl så livet är. Det tar oss på färder vi aldrig anat. Gör oss till personer vi aldrig trodde vi kunde bli. På gott och ont.

"Då far jag. Vi syns på måndag kväll."

Utan att han hade märkt det hade Gabriella kommit ut från sovrummet med en väska och ställt den på golvet i hallen. Därifrån ropade hon nu att hon var på väg.

Hennes raka blonda hår hängde utsläppt och spretade in över hennes kinder. Med sina ljusa blå ögon såg hon på Karl som fortfarande satt vid bordet. Hon var slank och välklädd, med ett vänligt ansikte som dock såg lite bekymrat ut just nu.

Karl vände sig om och verkade oförberedd på att hon nu var klädd och färdig att ge sig iväg så tidigt på morgonen. Naturligtvis visste han att hon skulle åka, men hade tappat bort att det var just idag.

"Åker du redan", frågade han och försökte låtsas om att han inte hade glömt bort det.

"Men har du redan glömt det? Hur står det till med minnet?"

"Jag har inte glömt, jag trodde bara inte klockan var så mycket", ljög Karl och började samla ihop de papper han hade på bordet framför sig.

"Du behöver inte stressa. Du har gott om tid. Ta det lugnt nu, det kommer gå bra."

"Tror du?"

"Det är klart. Bara du inte stressar upp dig. Ta det lugnt och prata inte för fort så kommer allt ordna sig."

Hon gick fram till köksfönstret och såg ner mot gatan.

"Henrik är här nu", sa hon och återvände till väskan i hallen. "Kan du säga till Jessica att skynda sig."

"Jadå", sa Karl och reste sig upp. "Ha det så kul i helgen."

"Det ska vi."

"Hälsa Henrik också", fortsatte Karl mindre engagerat.

"Mmm", sa Gabriella och gav honom en puss på munnen när han passerade hallen.

"Måste du åka nu", frågade Karl och stannade upp.

"Ja... Vad menar du?"

"Äh, om presentationen går bra kunde vi ha firat med nåt gott ikväll", sa Karl med en ton av besvikelse.

"Det kan vi väl ta när jag kommer hem. Du behöver vila har vi ju sagt, stressa av. Ta det lugnt i helgen och låt kroppen komma ikapp. Försök att inte oroa dig och sov ordentligt. Vi har gott om tid att fira sen."

"Ja, jo."

Det verkade som om han ville säga något mer, men inte riktigt visste hur. Det hade något med hans tvivel på sig själv och framtiden att göra. Han ville ha mer tröst och bekräftelse men Gabriella hade bråttom och verkade inte lägga märke till hans bekymmer. Eller så ignorerade hon det.

"Vi ses på måndag då som sagt", sa hon och lämnade lägenheten.

Karl stod kvar och kände sig övergiven. Osäkerheten brände i honom.

Utan att låtsas om detta gick han till Jessicas rum, knackade försiktigt på dörren och öppnade den sedan utan att vänta på svar.

Hon hade fyllt femton några månader tidigare och även om hennes rum hade genomgått den tydligaste förändringen sedan hon blev tonåring, hade även saker och ting hos henne själv nu förändrats avsevärt. Förutom att puberteten fått henne att växa och få form var det främst hennes attityd och intressen som utvecklats. Alla leksaker och idolposters hon haft förut hade försvunnit gradvis ur hennes rum de senaste två åren och det enda hon önskat sig i present den senaste födelsedagen var en dyr semi-professionell systemkamera.

När hon först blev hans styvdotter hade hon varit ett barn, nu började hon bli vuxen. I början tyckte han att de hade haft bra kontakt, men det gled allt mer och mer ut i ett tyst accepterande av varandra. Hon var intelligent, var mycket duktig i skolan och hade ett välstädat rum. Det fanns inget att klaga på.

Förutom att han kände sig avundsjuk. På hennes och hennes mors ovillkorliga kärlek, på hennes uppenbart goda framtidsutsikter, på hennes ungdom. Han önskade ibland att han kunde byta med henne och börja om sitt liv. Det fanns så mycket som han borde ha gjort annorlunda.

När Karl kom in i hennes rum försökte hon pressa in en bok i den redan överfyllda väskan medan hon med axeln försökte hålla sin mobiltelefon mot örat.

"Jessica", sa han lite hårdare än han tänkt. "Henrik är här. Du måste gå nu."

Hon tittade upp och mötte honom med en skarp blick. Han hade passerat en gräns, han var inne i hennes rum och hon markerade tydligt att han hade klivit in utan att få tillåtelse att komma in. Han var på hennes revir.

Karl såg på henne och kände för ett ögonblick inte igen henne. Hon hade sminkat sig och såg mycket äldre ut än hon egentligen var. Till och med vackrare än sin mor, tänkte han några ögonblick innan han trängde undan det.

På något sätt var det faktiskt Jessica som motiverade honom att gå till jobbet de dagar stressen höll på att få honom på knä. Han bet ihop och knöt sin slips även de dagar då han var nära att börja gråta på morgnarna. Hon var enda anledningen till att han inte bara gav upp och gick sönder fullständigt.

Han ville visa henne att han dög. Han ville vara en bra förebild för henne, se till att hon hade ett rikt hem där ingenting skulle fattas henne. Han skulle göra allt för att få hennes uppskattning och respekt.

Han ville att hon skulle acceptera honom som sin pappa.

Men ju äldre hon blev desto mer behövde han hävda sig som familjens överhuvud. Och ju äldre hon blev desto mindre accepterade hon det.

Hon såg på honom och gestikulerade mot mobilen så att han skulle förstå att hon var upptagen.

"Men det är dags att åka, mamma väntar på dig", försökte han säga så vänligt och förstående han kunde.

"Veronica, kan du vänta en minut, Karl tjatar på mig, jag ska precis åka, dom väntar på mig, strax tillbaka", sa

Jessica i mobilen och lade ifrån sig luren på sängen.

Med båda händerna fick hon in boken i väskan och lyckades dra igen dragkedjan.

"Jag vet att det är bråttom", sa hon utan att se på Karl. "Men dom åker nog inte utan mig."

"Jag hälsar bara vad din mamma sa till mig."

Jessica suckade och tog väskan i ena handen och telefonen i andra.

"Jaja, nu är jag på väg, sluta tjata."

Karl ville säga något mer men förstod att det inte var någon mening. Han släckte lampan efter henne och följde efter ut till hallen där hon tog på sig ett par svarta skor med tjock sula och en svart jacka.

"Ha det så kul", sa Karl och försökte låta uppriktig.

"Jadå, det ska jag. Och du Karl, ta det lugnt nu, jobbet är inte hela världen."

Han log och häpnade inombords över den oväntade omtanken. Eller hade hon varit ironisk? Han visste inte alltid vad hon faktiskt menade.

"Se efter mamma nu så hon inte gör nåt dumt", försökte han skämta.

"Haha, det är väl dig nån borde se efter", sa Jessica och öppnade dörren.

"Äh, du överdriver."

"Inte ett dugg. Hejdå, vi ses."

Innan dörren slagit igen hörde han henne återuppta telefonkonversationen med sin kompis Veronica.

Karl stod och såg genom köksfönstret hur hon halvsprang ut till Henriks väntande bil. Medan hon klev in i baksätet såg han hur Gabriella vinkade upp mot fönstret och han vinkade med ett falskt leende tillbaka.

Någonstans långt inom sig kände han sig svartsjuk. Men det var något han aldrig skulle erkänna för någon. Henrik Ivarsson. Gabriella hade varit vän med honom sedan långt innan Karl träffade henne. Han kände sig svartsjuk på deras okomplicerade och raka vänskap. Själv var han aldrig riktigt avslappnad inför sin fru. Han hade alltid någon sorts fasad mot henne. Han blev generad och vågade knappt visa sig helt naken för henne när det var ljust, vågade inte släppa henne inpå livet, vågade inte förklara vad han kände innerst inne. Han var rädd för att om någon granskade honom närmare skulle de upptäcka att han inte dög, att han egentligen inte var något att ha.

Han önskade att han hade kunnat följa med upp till stugan men insåg samtidigt hur bra allt skulle bli om han bara lyckades avsluta den affär han byggt upp så mycket kring.

Så han satte sig med sina papper igen.

Allt pekade uppåt. Efter den här presentationen skulle han få ännu högre lön och alla skulle se att deras familj var perfekt. Han kanske inte trivdes med sitt liv, men folk skulle avundas honom. Inget skulle kunna rubba hans höga status. Inget skulle kunna gå snett.

Trodde Karl.

Naturligtvis hade han fel.

Medan bilen därute körde iväg tog han bland sina papper från jobbet fram ett foto av sitt senaste projekt.

Fotografiet föreställde huset han tio år senare skulle sitta och äta en stulen smörgås framför.

4

När Karl hade ätit färdigt stod han och stirrade på öde-
huset igen. Som en simhoppare som förbereder sin
dykning. Syresätter blodet och går igenom alla rörelser i
tankarna innan han kastar sig ut över kanten.

Byggnaden såg mindre ut än han mindes den. Fasa-
den hade vittrat sönder ännu mer och växter hade trängt
upp här och var där de inte borde. Han kände en viss
gemenskap med huset. Han hade själv krackelerat och
börjat falla sönder. Både han och huset var skäggiga och
vanvårdade.

De hörde ihop.

Ytterdörren var inte låst, men Karl fick kämpa mot alla
växter som prompt skulle hålla den stängd.

I trapphuset var det mörkt och det tog några minuter
innan hans ögon vågade tro på att den skarpa solen var
borta och anpassade sig till det dunkla ljuset.

Härinne fanns det ännu mer klotter än på fasaden. En
del lösa plankor och gammal bråte låg i vägen så han
flyttade det från dörren för att vid behov kunna ta sig ut
snabbt. Det var något han lärt sig som hemlös. Man
visste aldrig när husets ägare eller polisen dök upp.

Trots att han förstod att det inte fanns någon elektri-
citet i huset provade han lampknappen till höger om
ingången. Det förblev mörkt.

Det hade alltid varit mörkt i källaren. De rostiga luck-
orna för källarfönstren var kanske inte rostiga från
början, men de hade alltid suttit där. Ända sen huset
byggdes hade de dolt fönstren och skyddat omvärlden,

dolt det som fanns därinne.

Han visste att han måste titta igenom hela huset innan han kunde slappna av. Han var tvungen att se. Se om det fanns några spår. Om det fanns någon ledtråd till vad han skulle ta sig till nu när han var här. Och framförallt behövde han se att det inte fanns någon annan i byggnaden.

Så han ställde ner ryggsäcken i ett hörn vid ytterdörren och tog fram en ficklampa ur en av sidofickorna. Med lampans ljuskägla banade han väg nedför trappan och kastade en kort blick in i det lilla pannrummet till vänster. Det var fyllt av rör och ledningar, ett halvöppet skåp med några verktyg i. I övrigt var det tomt. Trots att pannrummet borde vara husets symboliska hjärta visste han att det aldrig hade hänt nånting där. Det var det enda säkra rummet i hela huset.

Karl vände sig istället åt höger och passerade den tunga skyddsrumsliknande ståldörren som ledde in till källaren. Väggarna var gjorda av kall och ogästvänlig betong. Det luktade fukt och jord med en anstrykning av mögel.

Först kom han in i ett stort rum där en hel del bråte hade staplats upp längs väggarna. Svagt ljus strilade in genom glipor runt de långsmala fönstrens luckor och han såg en mängd stolar, trasiga bord och stora militärgröna lådor med skräp. Här fanns också en del övergiven militär utrustning som var täckt av damm och verkade lika gammal som huset självt. En rostig skottkärra med småsten och krossad betong hade dessutom vält mitt i rummet.

Nu ångrade han sin närvaro härnere och kände en våg av adrenalin skölja genom kroppen. Han började darra och kämpade för att inte bara vända sig om och ge sig av. Istället tvingade han sig försiktigt vidare mot rummen som fanns djupare in under huset.

Dörren på andra sidan av det stora utrymmet ledde till ett tomt rum som hade tapetserade väggar och skulle ha kunnat vara ett kontor. Från det ledde två dörrar vidare. Den högra till ett förråd som Karl snabbt konstaterade var tomt så när som på några kvarblivna papper på hyllorna.

Vänstra dörren var dörren in till husets undermedvetna. Där fanns allt undanträngt, där fanns dess dåliga samvete.

Han kände på dörren. Den var låst.

Den var fortfarande låst.

Framför denna dörr var hans önskan att fly som störst.

Oron härjade i tarmarna och det smakade av någon anledning järn i munnen.

Ändå visste han att han skulle gå in. Inget skulle väl kunna hända, det kunde ju inte finnas någon därinne, det fanns inte längre något att vara rädd för.

Det förstod han, men hans kropp ville inte lyssna. Den var rädd ändå. Han såg sig återigen omkring. Som om han kände sig iakttagen. Men han var ensam.

Då tog han fram nyckeln.

I alla år hade han, på sin väg mot sönderfallet, i sin innerficka, närmast hjärtat, burit med sig källarrummets nyckel.

Låset var lite rostigt och trögt, men när han väl fått in nyckeln fanns ingen återvändo. Han vred runt och dörren öppnades.

Rummet innanför var inte så stort. På motsatta väggen fanns två dörrar och till höger fanns ett litet observationsfönster genom vilket man såg in i ännu ett mörkt rum.

Atmosfären var elektrisk. Karl kände hur armhåren pirrade och sträckte på sig. Han gick fram till fönstret och lyste in på något som liknade en sjukhusbrits med spännband för armar och ben.

Han andades omedvetet grunt och häftigt medan han svepte med ljuskäglan först över britsen och golvet. Sedan tycktes han noga granska taket ovanför britsen.

När han inte såg något särskilt, när han inte såg något av det han hade fruktat, drog han äntligen ett lite djupare andetag och slappnade av en aning.

Plötsligt rös han till. Svetten som svalkat honom ute i solen hade nu blivit kall och han började frysa nere i den råa och kyliga källaren.

Innan han kunde gå upp i värmen igen var han dock tvungen att öppna en dörr till.

Den vänstra dörren ledde till ett kaklat rum med två stora gammaldags badkar. Några spännband för armar och ben satt fortfarande kvar längs badkarskanterna. Rummet verkade höra hemma mer i ett gammalt mentalsjukhus än i källaren på en militär byggnad. Här kändes stanken av mögel tydligt och när Karl hetsigt svängde ficklampan längs de en gång vita kakelväggarna syntes den grönsvarta massa av mögelliknande svamp som krupit upp och erövrat rummet, besegrat dess renhet, svept in det i ett täcke av förruttnelse.

Ett par lysrörsarmaturer hängde förvridna och trasiga i det kolsvarta sotiga taket och vittnade om att något hade brunnit i rummet.

Golvet mellan badkaren hade brutits upp och några rostiga spadar, hackor, hinkar och rep skvallrade om att man hade försökt gräva sig ner genom husgrunden. Där fanns jord och betong, sten och grus i ett krossat kaos.

Någon hade med våld försökt penetrera husets mörka undermedvetna.

Karl stirrade på hålet och stod blickstilla. Han såg ut att vänta på att något skulle hända. Det var som ett svart hål och han stod farligt nära dess händelsehorisont. Tiden saktade ner och blev suddig runt honom.

Han stirrade och väntade. Han önskade att han hade varit religiös. Då hade han kunnat be om syndernas förlåtelse här, sagt till guden i hålets singularitet att han ångrar sig innerligt, gjort bot och sedan gett sig av. Så enkelt det hade varit.

Men han trodde inte. Och inget hände.

Till slut gav han upp. Det var för kyligt för att stanna här nere och dessutom fanns det inget att se. Källaren var lika övergiven som han egentligen hade vetat att den skulle vara.

När han väl bestämt sig för att gå upp igen fick han bråttom och skyndade sig, nästan som om han flydde, uppför trappan och ut igen. Han passerade sin ryggsäck, sprang ut genom ytterdörren och stannade först några meter ut på grusplanen.

Där vände han sig om och stirrade huset stint i ögonen. Eller fokuserade i alla fall oroligt på den mörka dörröppningen.

Värmen återvände i kroppen och han kisade i det skarpa ljuset.

Allt var lugnt. Det fanns ingen anledning till oro.

Utan att tänka på det stod han maniskt och blinkade av och på med ficklampan.

Omedvetet, av och på.

5

Tio år tidigare, med några färre fåror i ansiktet, stod Karl proper och slipsklädd inne på en toalett och tände och släckte taklampan lika maniskt som han skulle komma att blinka med ficklampan efter att ha flytt från sin egen fruktan i husets källare.

Han tände och släckte, lät världen blinka runt honom. Ett ögonblick var den där, och i ett annat var den försvunnen i det mörka tomrummet. Han skapade och förgjorde världen varje sekund. Kanske försökte han accelerera dygnet för att skynda förbi något han inte ville skulle inträffa.

Dag och plötslig natt följde på varandra. Han hade kontrollen. Det var han som bestämde. Ville han att det skulle vara mörkt, blev det mörkt. Önskade han se – varde ljus!

Efter en stund lät han det förbli dag och kastade en blick i spegeln. Han tyckte själv att han såg hyfsat bra ut. Visserligen hade han haft gott om tid på sig att vänja sig vid spegelbilden, men ändå.

Fast hans fru Gabriella verkade tycka det också. Hon brukade stryka honom över håret och le medan hon nöjt betraktade honom. Hennes fjäderlätta fingrar, de luktade gott och rent. Hennes fingrar gav honom trygghet.

Från första stund hade han förstått att det var något särskilt med henne. Trots att han i början höll en viss distans hade hon gjort honom lugn och fått honom, som alltid annars var så spänd, att slappna av mer än någon annan. Att hon var smart, charmig och vacker var bara en bonus till det faktum att hon var det enda som kunde få honom i balans när världen omkring försökte skaka omkull honom.

Nu hade dock hans gamla grubblande och oro brutit igenom och kommit tillbaka sedan en tid. Det hade börjat med stressen över jobbet och ekonomin. Sen hade otillräcklighetskänslorna kommit och så hade han börjat tvivla på allt. Han började åter hålla henne på avstånd för att hon inte skulle märka alltför mycket av vad som hände inom honom. Det fysiska fungerade i stort sett bra mellan dem, även om stressen störde hans förmåga ibland. De njöt fortfarande av varandra, men de kunde inte längre kommunicera som förr.

Trots att det känslomässigt hade varit så distanserat mellan dem på sistone saknade han henne nu och ville åka efter henne till Henriks stuga och inte hålla någon mentalt påfrestande presentation på sitt jobb. Något var fel mellan dem, men han visste inte riktigt vad han skulle göra åt det.

När det gällde jobbet hade han inte så mycket val. För

att bibehålla standarden, betala lånen och tanka bilarna måste pengarna rulla in. För att göra alla glada måste han vara framgångsrik. Han måste visa dem att han är en man. En stark man. Som aldrig tvivlade. Och dessutom brukade han, i alla fall förr, njuta av att göra en bra affär.

Det var bara det att han hade blivit mer och mer distraherad. Det var något som gnagde inom honom. Inget var längre som det skulle. Och kände han efter så handlade det inte bara om relationen till Gabriella. Han hade tappat gnistan på jobbet. För jobbet.

Det var inte roligt längre. Han gjorde saker av gammal vana.

På en lägre nivå bland säljarna var han den bäste, han hade det lätt för sig när han konkurrerade med sämre medtävlare. Men i och med de senaste året hade han klättrat uppåt på karriärstegen, så nu var förutsättningarna annorlunda. Nu hade de svagaste sållats bort och han jagade med kollegor som var minst lika kompetenta som honom själv. I hemlighet tyckte han till och med att många av dem var bättre, mer drivna.

Det gnagde inom honom, det irriterade honom. Han irriterade sig själv. Han ville vara bäst.

Allt oftare backade han inför en utmaning och eftersom han inte ens var med och tävlade så förlorade han inte. Men då vann han inte heller och det fick honom att tappa mark. Det var inte bra för karriären att stå stilla alltför länge. De yngre gick om honom, tog hans plats.

Han var inte lika stark längre.

Nu var han tvungen att göra något drastiskt för att ta sig till fronten igen. Därför var den här presentationen den allra viktigaste han skulle göra på hela året. Den skulle visa att han fortfarande var hungrig och tog initiativ. Det var därför han nu såg ett nervöst ansikte stirra tillbaks ur spegeln han stod framför.

Men ett nervöst ansikte säljer inga idéer. Han måste hitta sitt gamla självsäkra säljaransikte nånstans inom sig. Så som man kan ha ett ord på tungan utan att få fram det, så kunde han känna sitt andra ansikte alldeles under huden. Det fanns där nånstans. Ändå kunde han inte få fram det. Han såg bara mer och mer orolig ut.

Det som hade hänt när han var ute och inspekterade huset på Lundsvägen 216 för första gången hade förändrat honom. Han hade åkt därifrån med en känsla av att inte längre vara komplett. Att en del av honom hade gått förlorad under ett par kritiska minuter då han inte haft kontroll över sig själv. Han kunde inte förklara för någon vad som gått snett, han förstod det inte ens själv, och det var efter det han hade börjat oroa sig och grubbla. Han som alltid hade varit så säker på sin sak.

Han behövde kontroll.

Så han sträckte sig efter lampknappen igen och började tända och släcka.

För varje gång ljuset kom tillbaka hade hans ansikte förändrats.

Till slut stod han där och log. Självsäkert.

Presentationen skulle gå bra.

Nu var det dags att gå ut och visa dem.

Bara några gånger till.

Tänd, släck.

6

Det tog flera sekunder av fokuserad viljestyrka innan Karl kunde sluta att tvångsmässigt slå av och på ficklampan.

Han kände sig inte rädd, bara förvånad, över sitt beteende.

Sakta gick han med gruset krasande under skorna in i huset igen. Medan han gick uppför halvtrappen till första våningen stoppade han ficklampan i ryggsäcken som han sedan bar med ena remmen över axeln.

Här stod alla dörrar öppna och en del av dem var trasiga. Rakt fram fanns ett stort rum med sönderslagna bord och stolar. Till vänster fanns ett kök och till höger fanns några mindre rum, också fyllda med trasiga möbler, kartonger med skräp och annan bråte.

Några golvplankor var uppbrutna i ett av rummen. Plankorna låg travade längs väggen och det gapande spånfyllda hålet låg som ett infekterat sår och bad om att få täckas över.

Karl kände sig nu lugnare och även om han noga tittade igenom alla rum var han inte lika spänd som tidigare. Det var källaren han hade fruktat mest. Här uppe fanns inte samma intensiva laddning i luften. Här fanns det bara vanliga rum. Det var inget konstigt med det.

Här hade i stort sett bara vardagsliv pågått.

På andra våningen fanns flera mindre rum som förmodligen hade varit kontor. Ett par av rummen tycktes ha varit logement eftersom det där fanns gamla militärsängar med missfärgade madrasser, låsbara plåtskåp och en del andra möbler kvar. Annars var det mer urplockat här, inte samma mängd bråte som på våningen under. Det var också mindre vandaliserat, inte så mycket klotter och fler hela fönster.

Snabbt tittade han in i alla rum, men stannade inte förrän han kom till ett litet rum längst in på våningen. Där fanns ett stort gammaldags element som nu var rostigt, brunt och missfärgat. De andra elementen i huset hade bytts ut någon gång på sextiotalet, men det här var mycket äldre och hade uppenbarligen blivit kvar.

Han stirrade på det en stund och insåg sedan att han höll andan.

Elementet betydde något. Det var inte bara ett element för honom.

Något viktigt hade hänt i det lilla rummet.

Han stod och betraktade det ganska länge innan han suckade och letade sig ut till trapphuset igen.

Dörren till vinden var ganska smal och i låset satt nyckeln kvar. Karl låste upp och tog med sig nyckeln. Det var ganska mörkt i den vänstra änden av vinden, men från höger strömmade ljus in genom ett lågt men ganska brett tredelat fönster på husets gavel.

Alldeles till vänster om vindsdörren fanns en trästege upp till en lucka i taket.

Här uppe var allt gjort av trä, till skillnad från resten av husets hårda betong. Taket hade renoverats alldeles innan Karl hade tagit hand om huset för mäklarfirmans räkning tio år tidigare. Så vinden var ljus och fräsch. Här hade förfallet hejdats.

Det var hit upp, till den relativa tryggheten, som Karl hade varit på väg. Här kunde han vara ifred och tänka. Här skulle han bo tills han funnit en lösning.

Hela tiden medan han tagit sig runt i huset hade han gått lätt hopsjunken, lite hopkurad, men nu kunde han äntligen räta på sig. Han verkade andas lättare här uppe också. Nu kunde han slappna av. Huset var tomt och han var äntligen här.

Karl ställde ner ryggsäcken och satte sig på golvet. Han kände sig smått förvånad över att det kunde vara så rent här när resten i huset var i sånt förfall. Men så är det väl ibland. Det finns alltid en ren plats även i smutsen.

Utan förvarning knakade det i den mörka änden av vinden. Karl ryckte till och tog fram ficklampan igen. Det knakade nästan som om någon gick mot honom där borta, men när han lyste med lampan såg han inget.

Gamla hus knakar då och då, det borde väl han veta, så många byggnader som han hade inspekterat genom jobbet. Ändå blev han oerhört rädd under några ögonblick. Sedan insåg han att det bara var golvplankorna som knakat. De var väl inte vana vid att någon gick på dem.

Han la sig ner på golvet och släckte ficklampan. Det hade varit en lång dag och den var inte över än. Han tänkte göra i ordning en sovplats här uppe på vinden. Bara han fick vila sig lite först.

Om vattnet hade funkat hade han tagit sig en lång dusch och skalat av sig sitt lager av stinkande svett och lort. Nu fick han ligga där och känna sig som en smutsfläck på det rena golvet.

7

Med tillräckligt mycket självförtroende kan man övertala vem som helst till vad som helst.

Karl hade med ett varmt leende berättat om sina planer och inte tappat ansiktet en enda gång. Hans chef Håkan Pettersson hade till och med gett honom en applåd när han var färdig.

"Fan, Karl, inte visste jag att du var så ambitiös", hade Håkan utropat och Karl hade bitit ihop tänderna och lett åt det han ansåg var en grov förolämpning.

Han tog emot mer beröm från de andra mötesdeltagarna men ville till slut bara skratta åt det hela. Han visste att det var en bra affär och att behöva gå igenom hela det här spelet bara för att de andra skulle förstå det var som en komedi för honom. Han hade känt en stor meningslöshet smyga över sig medan han stod där och log.

Det hade känts overkligt, som om han inte var där, som om han betraktade sig själv utifrån.

Varför var han tvungen att be om lov för att fortsätta, undrade han för sig själv. Varför var han så beroende av dessa människors godkännande?

Nu skulle han i alla fall kunna ringa Gabriella och berätta att presentationen hade gått bra. Först tänkte han att han ville ringa bara för att få höra hennes röst. Men sedan insåg han att han egentligen ville visa sig duktig även inför henne.

Han ville ha hennes godkännande också.

Med ett fortsatt verklighetstroget leende packade han

ihop sina saker och insåg att han förställde sig inför hela världen för att få godkännande och uppskattning. För att visa sig stark.

Inför hela världen och sig själv.

Styvdottern Jessica var den han hade mest att hävda inför. Han ville så gärna överträffa Erik, hennes frånvarande biologiska far, som hon hade idoliserat och längtade efter. Men han hade försvunnit ur hennes liv för länge sedan och Karl ville visa att han kunde fylla det tomrummet. Han ville visa hur bra han kunde ta hand om henne och tack vare det få ännu mer av Gabriellas kärlek och uppskattning.

Han önskade att han skulle bli bättre och skickligare på allt han gjorde men började nu få panik eftersom åren gick och han inte visste hur det skulle gå till.

Jessica var lik honom på något sätt. Hon var duktig och ivrig att visa upp sin begåvning. När hon hade någon vän på besök såg han att hon var den självklara ledaren. Hon var charmig och lite manipulativ, precis som Karl. Ingen annan hade upptäckt det, men de kände igen varandra. De hade en ömsesidig förståelse. De bekräftade i tysthet varandra på ett plan ingen annan tycktes förstå.

Fascinerat hade han sett henne mogna snabbt det senaste året. Utan tvekan skulle hon lyckas när hon växte upp. Hon var smartare än honom och hon skulle inte ha några problem att med de allra främsta inom sitt område jaga vad hon nu än valde att jaga. Hon hade redan börjat på nästa årskurs matematik och att hon hade högsta betyg i bild och foto bekräftade vad han redan visste om hennes konstnärliga talanger. Han hade sett vad hon hade åstadkommit med systemkameran hon naturligtvis, precis som hon önskade, hade fått när hon fyllde år i våras. Hon visste hur hon skulle få sin vilja igenom.

Om han misslyckades så skulle i alla fall hon lyckas. På något sätt fann han i den tanken tröst.

Nu var han i alla fall på rätt spår igen. Nu hade han visat för kollegor och chefer vad han kunde åstadkomma.

Bara le en liten stund till, sedan kunde han åka hem och slappna av.

Han lämnade konferensrummet och gick mot sitt kontor för att hämta sin väska.

"Grattis Karl, det var en bra presentation."

I korridoren mötte han Johan Olsson som i stort sett var den enda han betraktade som sin vän på företaget, kanske hans enda vän överhuvudtaget om man skulle vara noga. De hade börjat på byrån samtidigt och var ungefär i samma ålder. Johan hade dock tappat mer hår och vägde några kilo mer. Det var tacksamt att stå bredvid honom om man ville se bra ut. Men han var trevlig och sällsynt ärlig. Han skulle förmodligen aldrig göra någon större karriär i det här yrket.

"Tack", svarade Karl och såg uppriktigt glad ut. "Jag har jobbat på det ett tag, men nu är allt som det ska."

"Håkan var imponerad också. Det är bra."

"Ja, det kändes skönt."

"Du ser lite trött ut."

"Det har varit en lång vecka. Syntes det på presentationen?"

"Nej, jag märkte det nu när du slappnade av. Men efter

det här kan du ju ta det lite lugnt. Vara med familjen lite."

"Nä, dom är och hälsar på en kompis till Gabriella över helgen."

"Gräsänkling, desto bättre, då får du det lugnt och skönt istället."

"Jo, det blir bra. Det kan behövas."

"Förresten, från det ena till det andra. Innan du åker tänkte jag fråga om det där huset på Lundsvägen 216."

"Jaha?"

"Varför har du tagit på dig det?"

"Äh, jag har en bra idé där också."

"Men det ligger ju mitt ute i ingenstans. Hur ska du få det sålt?"

"Jag har ett koncept klart, det gäller bara att hitta nån som vill investera."

"Investera i vad?"

"Du får se. Lita på mig. Det blir ännu en god affär."

"Okej. Om du säger det så. Du ska inte med på afterwork och fira nu då?"

"Nej, inte idag. Jag ska träna lite och sen åka hem. Ringa familjen och surra lite. Dricka ett par starköl till middan nu när ingen ser."

"Låter bra det. Kommer du förresten på min födelsedagsfest på lördag som vi pratade om? Nästan alla andra från jobbet kommer, och några bekanta till mig. Du behöver som sagt inte ta med nån present."

"Nja, jag vet inte, jag tänkte som sagt ta det lugnt."

"Okej, vi kan ju höras. Du är välkommen om du vill."

"Tack. Det gör vi. Hej."

Karl lämnade Johan och kontoret så snabbt han kunde.

Han packade in sig och sina saker i bilen och körde hemåt. Han hade ingen som helst tanke på att åka och träna som han hade sagt till Johan, det var en av hans rutinmässiga lögner för att hålla masken på plats, låtsas att allt var som det skulle. Det var flera veckor sedan han hade varit på gymmet. Det hade blivit en ond cirkel. Ju längre tiden gick desto mer gruvade han sig för att gå dit.

När ingen såg försvann leendet och hans ansikte blev helt tomt.

Det var som om hela han försvann någon annanstans.

8

När han äntligen kom hem från jobbet och kunde slappna av efter presentationen tog han av sig alla kläder och hämtade en ölburk i kylen.

Naken, nu när han för en gångs skull var ensam hemma, satte han sig i soffan och slog på teven. Det var sällan han hade var hemma mer än någon timme utan att Gabriella eller Jessica också hade varit där. Kanske hade han försökt tänka att det skulle bli skönt att få vara ifred och samla sig några dagar, särskilt med tanke på den senaste tidens stress och oro, men nu när det äntligen var dags att vila kände han ingen glädje över det.

Det fanns ingen som bekräftade hans existens och det fick honom att känna sig overklig.

Han öppnade burken och drack klunk efter klunk utan att egentligen röra en min. På något sätt hade han använt upp alla sina känslor under dagen och orkade nu inte annat än att vara.

Håglöst bytte han mellan kanalerna men hittade inget som fick honom att stanna. Till slut lade han ändå undan fjärrkontrollen och lade sig ner på soffan. Där låg han orörligt kvar och stirrade bara delvis på den bländande teve-skärmen. Hans tankar stod helt stilla ända tills han kände att ölen ville ut igen.

Då gick han på toaletten och pinkade. En del av apatin försvann ut med strålen och han blev klarare i blicken igen. Det var som om han fått en mildare form av epileptiskt anfall i soffan och förlorat kontakten med omvärlden för en stund. Nu verkade han medveten om var han befann sig och han kände igen sig själv i spegeln när han tvättade händerna. Medan han ändå stod där passade han också på att noga tvätta sitt kön.

När han var färdig torkade han sig torr med en bad-handduk och öppnade dörren som han av gammal vana hade låst bakom sig.

Då lyckades han på något sätt kila fast tumnageln i låsvredet och slet upp en lång reva över nageln.

Det ilade i hela kroppen och han skrek högt och gällt som om han inte hade full kontroll över sig själv. Blodet rann rikligt och halva nageln satt kvar i låset.

Han skrek och såg vita fläckar dansa framför ögonen för ett ögonblick.

Sedan kände han blodet bankande pulsera ut ur såret och han fick kontroll över sin överdrivet hysteriska röst. Han klämde åt runt tummen med den andra handen och sprang, som om han inte kunde vända i dörren, ut till köket där han spolade bort blodet under diskbänks-kranen.

Nu var han inte tom inombords längre. Han svämmade över av känslor och de slogs om att få komma till utlopp. Tårar trängde fram ur ögonen på honom och munnen förvreds i en grimas av panik och skräck. Det var som om han tappade alla proportioner och var säker på att han skulle dö vilket ögonblick som helst.

När smärtan började domna bort av det iskalla vatten han spolade över handen sprang han tillbaka till badrummet och slet fram en liten förpackning med kompress och gasbinda ur medicinskåpet.

Fortfarande med hysteri i blicken lyckades han rulla bindan runt tummen och stirrade sedan skeptiskt på det vita tyget, övertygad om att det snart skulle blöda genom. Han insåg inte att han hade överdrivit både förbandet och sin reaktion.

När ingenting hände, när han inte dog eller ens såg nåt blod tränga igenom bandaget, gick han tillbaka till köket och hämtade en ny burk öl. Med den i sin oskadade hand gick han tillbaka till teven igen.

Innan han satte sig stannade han upp och såg sig omkring. Något störde honom, så han tittade bakom soffan och gick sedan tillbaka några steg för att titta ut i hallen. Det var som om han kände att det var någon annan i lägenheten. Hade han hört ljud från ytterdörren? Hade han hört någon andas därute?

"Hallå", ropade han men fick inget svar. Det fanns ingen där.

Han gick fram och kände på ytterdörren, men den var låst.

Sakta slappnade han av, återvände till vardagsrummet och sjönk djupt ner i soffan utan att reflektera över ljudet av hissen som åkte nedåt ute i trapphuset.

Han tog upp fjärrkontrollen igen och började bläddra mellan kanalerna.

Nu var han tom och nollställd igen. Låtsades som om inget hade hänt.

Det fanns fortfarande inget att titta på.

9

Utanför ödehusets spruckna fasad hade nattljuset krupit upp längs väggarna och klibbat fast på fönstren. Det var sommar så helt mörkt blev det förstås inte på den här breddgraden. Men det var ändå lite småkyligt när solen sjönk strax under horisonten för några timmar. En svag vind drog genom träden och särskilt asparna darrade förväntansfullt inför vad som skulle hända nu när någon bodde i huset igen.

Ett svagt ljussken letade sig ut genom vindsfönstren på husets högra gavel. Karl hade nu gjort i ordning sin sovplats däruppe. Ficklampan var kanske mer praktisk, men batterierna räckte inte så länge. Därför hade han en liten oljelampa och en flaska lampolja med sig. Det var den som spred ett varmt och behagligt sken på vinden.

I ett hörn hade han lagt en av de få kvarvarande madrasserna i huset som ännu var hyfsat fräscha. Där hade han rullat ut sin tjocka grå filt och ställt fram vattenflaskan och några andra saker.

Själv stod han på bottenvåningen och försökte barrikadera ytterdörren eftersom han inte hade någon nyckel till den. Med hjälp av några plankor lyckades han kila fast handtaget så att det inte gick trycka ner. Det fick duga tills han hittade en bättre lösning.

På vägen upp stannade han på andra våningen och hämtade Trangiaköket som nu kallnat. Han hade burit ett litet bord och en stol till ett av de större rummen och där hade han värmt en burk ravioli till kvällsmat.

När han skulle diska kokkärlet hade han insett att bristen på vatten skulle bli ett problem om han blev kvar här länge. En bit bakom huset fanns det en brunn, men utan el fungerade inte vattenpumparna. Han behövde alltså hämta ett rep och en hink i källaren. Men det fick vänta tills det blev ljust i morgon. Inget skulle kunna få honom att gå ner i källaren nattetid.

Han sköljde av det värsta tomatsåskladdet med sitt dyrbara dricksvatten, packade sedan ihop Trangiaköket och tog med det upp på vinden.

I skumrasket utanför oljelampans sken krånglade han lite med vindsnyckeln innan han lyckades låsa dörren och kände sedan så den var ordentligt låst. Sedan kände han en gång till, för säkerhets skull.

Därefter la han ner spritköket i ryggsäcken och ställde lampan bredvid madrassen. Filten låg utslängd intill jackan som han hade virat ihop till en huvudkudde. I natt skulle han få sova bekvämt tänkte han. Den föregående natten hade han bara sovit några timmar inne på en liten toalett i källaren till ett hyreshus innan han väcktes tidigt av någon som höll på att städa.

Så nu när han äntligen hade full kontroll på var alla saker fanns och visste att dörrarna var låsta kunde han äntligen slappna av och tog för en gångs skull av sig alla kläder. Annars sov han påklädd ifall han var tvungen att ge sig av snabbt om han blev upptäckt nånstans där han egentligen inte fick vara. Nu när han var helt ensam unnade han sig lyxen av att kunna vara naken.

Karl sträckte på sig, såg upp mot bjälkarna i taket och drog in doften av trä. Det gav honom en känsla av trygghet för en gångs skull.

Han släckte oljelampan och stod i det svaga ljuset från sommarnatten. Han tänkte sig att han var hemma. Att han var i sitt sovrum och att Gabriella låg utan kläder i sängen och väntade på honom.

Tio år hade passerat sedan han såg henne naken sist. Ändå visste han exakt hur hon såg ut. Hans minnen av henne höll honom levande och han gjorde sitt bästa för att minnas varje detalj.

Han blundade och mindes.

Hans kön strävade upp mot vindsfönstren och han drog djupt och försiktigt efter luft igen.

Sedan lade han sig med Gabriella i tankarna på madrassen och låtsades att det var hennes händer han kände över sin kropp.

10

Huset var upprört. Det knakade och knotade och gnisslade som om det varit full storm utanför. Men det var inte den svaga vinden som fick huset att röra sig.

Något ville inte vara stilla längre.

Husets rör och ventilationstrummor andades och

levde medan elkablarna hängde döda som ett förtvinat lymfsystem.

Karl märkte ingenting av vad som pågick i huset, han låg på sin madrass och var långt borta i sin smekande fantasi.

Alla insekter i huset hade flytt för länge sedan. Det var något stickande i atmosfären som de inte tålde. Fåglarna höll sig också borta trots de inbjudande trasiga fönstren. Innanför husets väggar fanns inte heller några växter, förutom de envetna svampsporerna som erövrade källaren och nu siktade mot nya höjder.

Den svartgröna massan ringlade sig runt väggarna och liknade nästan skrivtecken eller ett gigantiskt sigill som vuxit runt hålet i golvet.

Dolt i möglet fanns en vilja att hålla någon eller något fången i rummet.

Denna vilja hade Karl ovetande brutit när han öppnade den dörr han för så länge sedan förseglade.

Den nu vidöppna dörren utgjorde ett gapande tomt hål där det inte längre fanns något hinder. Mögelsigillet var brutet. Det fanns nu en väg ut.

Något därinne ville inte vara stilla längre.

Så huset knakade och gnisslade, som ansatt av storm, eller pressat under en stor tyngd. Efter så lång tid hade något vaknat ur sin slummer och började röra sig.

Mellan de två mögliga badkaren, ovanför hålet i golvet, över den krossade grunden, började själva mörkret röra på sig. Det vred sig runt sig självt och knådade samman svärtan som en deg. Mörkret tätnade och jäste, manifesterades nästan i fysisk form, som en dunkel antydan till en skepnad, ett gigantiskt växande embryo i svart fostervatten, en halvt anad mänsklig silhuett.

Runt om i huset väste rören och elementen nästan vibrerade av kraft.

Karl gnällde svagt och andades häftigare uppe på vinden. Han var på väg.

Mörkret som svävade i det kaklade rummet drog ihop sig, blev mer och mer kompakt, kondenserades till sin essens och fick en yta som av torkad jord. Det frasade som av gamla löv. Manifestationen blev tyngre och tyngre och sjönk sakta ner mot jorden och gruset i den demolerade grunden.

Karl stönade och höll andan.

Huset vred sig runt sig självt och det nu nästan livmoderliknande rummet sträckte sig så långt ut från verkligheten som det kunde. Hela källaren verkade på något sätt förgrena sig med långa korridorer, som ett växande rotsystem, ut mot något bortom vår fattningsförmåga. Mitt i detta pulserade skuggan, som nu var sekunder från att manifesteras, likt ett stort svart hjärta.

Karl kom hårt och sköt sina strålar rakt upp i luften.

I samma ögonblick slog mörkret upp sina ögon och tog mark. Plötsligt existerade skepnaden på riktigt, den var inte längre en vag aning, ingen mörk dimma. Den stod i källaren som en gengångare med en ny färsk kropp.

Det var som om det hade stått där hela tiden, men först nu gick att upptäcka.

Huset tystnade äntligen. Dess födslovärkar var över.

Det inkarnerade mörkret tog sina första försiktiga

steg mot hålet i det som varit dess fängelse. Sakta trädde den som nyfödd ut genom dörren och fortsatte prasslande vidare ut genom källaren.

Den ville inte vara stilla längre.

11

Karl torkade bort sin njutning med några pappersservetter han av trycket att döma hade plockat med sig från en Sibylla-grill.

Han suckade nöjt och slängde undan de kladdiga pappersbollarna. Sedan lade han sig ner på madrassen med antydan till ett leende och var på väg att somna direkt. Det var nästan så han hade lyckats föreställa sig hennes doft den här gången.

Tvärt emot vad man skulle kunna tro blev hans minnen mer och mer skarpa allteftersom tiden gick. För varje gång han tänkte på henne mindes han nya detaljer och hon var så gott som levande hos honom de få gånger han kände sig så lugn och trygg att han kunde tillåta sig att mana fram henne. Det hade blivit som en ritual för honom, någon sorts magi. Han gjorde henne så verklig han kunde och sedan behövde han knappt röra sig själv.

Så här verklig hade hon aldrig varit.

Nästa gång skulle han nog kunna känna hennes doft på riktigt också, hoppades han och drog in ett djupt andetag.

I samma ögonblick kände han lukten av jord.

Först reagerade han inte över detta, även om han undrade var lukten kom från. Sen hörde han hur det knakade nere i trapphuset.

Han ryckte till och satte sig upp, lyssnade utan att andas. Någon var på väg uppför trappen. Försiktiga steg och ett svagt prasslande som av brända papper närmade sig där nedifrån.

Mörkret var på väg upp.

Karl andades tyst och kände pulsen rusa. Han visste att dörren var låst men var tvungen att kväva en impuls att rusa dit och känna efter. Istället låg han stilla och hoppades att dörren skulle stoppa vem det nu än var. Om ingen visste att han var här fanns det ingen anledning för dem att bryta sig in. Så han satt orörlig och tyst och lyssnade.

Hur hade någon kunnat ta sig genom barrikaden vid ytterdörren, undrade han.

Stegen i trappan tystnade utanför vindsdörren. Prasslandet tonade också bort som en vind som sakta lägger sig.

Lukten var nu så intensiv att han till och med tyckte sig känna smaken av jord.

Det var tyst en lång stund. Karl kände hur det pirrade i nacken. Han vågade inte röra sig, men kände närvaron på andra sidan dörren, och försökte dra sig så djupt in i sig själv han kunde för att inte bli upptäckt.

Dörren rörde sig inte, handtaget trycktes inte ner. Ändå visste han att det som fanns där på andra sidan försökte ta sig in.

Plötsligt hördes det intensiva prasslet igen och dörren började vibrera häftigt.

Karl kände en våg av adrenalin svepa över sig där han

kämpade för att hålla sig orörlig på sin madrass.

Först trodde han att dörren skulle gå sönder, att låset skulle öppnas, men efter bara några sekunder upphörde fenomenet och allt var stilla igen.

Prasslandet försvann sakta nedför trappen igen.

Försiktigt reste sig Karl upp, fortfarande oklädd, och fortsatte lyssna intensivt.

Han hörde rörelser passera genom rummen under honom och hade han bara vågat riskera knakande golvplankor hade han följt efter för att försöka komma underfund med vad som hände. Nu blev han stående där han stod.

Steg för steg följde han varelsen som navigerade sig bort mot andra änden av huset. En stund var det tyst igen. Sedan hörde han det knaka och knarra i väggen. Strax därpå kunde han åter höra det distinkta prasslandet igen.

Förvånat undrade han ett par ögonblick varför ljuden nu plötsligt hördes från husets utsida. Sedan förstod han och kände paniken svämma över inom sig.

Utan att bry sig om ljuden han orsakade sprang han över det knakande vindsgolvet på väg mot stegen till den olåsta takluckan.

Samtidigt kom det som klättrade uppför brandstegen på husets baksida upp på taket.

Stegen framför Karl var knappt synlig i mörkret och han famlade efter den under några dyrbara sekunder. Sedan fick han grepp om den och började klättra upp mot luckan.

På taket närmade sig fotstegen och precis när han

sträckte handen mot luckans handtag slets den upp och han kände nattkylan strömma ner över sig.

Genom luckan såg han ett totalt mörker stirra mot honom med bleka, ljusa ögon. Ett ögonblick stelnade han till och bara stirrade tillbaka på ögonen som tycktes sväva mitt i tomheten.

Sedan klättrade han ett steg till och grep tag i luckans handtag. Han försökte med all kraft dra den till sig, men mörkret höll emot och tycktes ursinnigt slita för att hålla luckan öppen.

Fuktig jord regnade ner över honom i mörkret och det var svårt att se något, han visste inte riktigt hur luckans låsmekanism fungerade och det var omöjligt att se i det kompakta mörkret. Ändå kämpade han och drog för att få igen luckan. Han blev kladdig av det som regnade ner från varelsen på taket och höll på att halka av från stegen när han förlorade fotfästet för ett ögonblick.

Till slut ryckte han till en sista gång och lyckades få den svarta varelsen att tappa greppet. Luckan slog igen och han försökte febrilt trycka igen låssprinten.

Den mörka skuggan ryckte ett par gånger igen men eftersom Karl i stort sett hängde med hela sin kroppsvikt i handtaget så öppnades den inte mer än några centimeter varje gång.

Det var förmodligen mest en slump att han till slut lyckades trycka igen låset. Hela taket tycktes skaka ett par sekunder innan skepnaden däruppe släppte luckan och gav upp.

Karl släppte handtaget och klättrade ner till golvet igen. Han var andfådd och stirrade stint upp mot luckan.

På taket hörde han steg som rörde sig mot gaveln med det breda, tredelade vindsfönstret. Hela tiden också detta spröda, obehagliga prassel.

Han gick nästan ända fram till fönstret och stirrade ut, ynklig och naken. Hans armar, ansikte och överkropp var täckta med något brunrött och kladdigt, en blodliknande lera som redan började torka.

Fotstegen på taket närmade sig gaveln.

Trots att ljuset som strömmade in genom fönstret var ganska svagt bländades han ändå. Så när stegen stannade alldeles ovanför honom såg han bara en svart skugga sträcka sig fram och ut över taknocken.

Varelsen som betraktade honom hängde farligt långt ut i tomma luften och genom luftventilen alldeles ovanför fönstret hörde han ljudet av insekter som prasslade bland löv.

Den stirrade rakt på honom genom de smutsiga fönsterrutorna.

Mörkret stirrade rakt in i hans själ.

Och även om han inte såg annat än mörker av varelsens kropp kunde han tydligt se ögonen.

Ögonen var hårda och intensiva och skrämde honom mer än något annat.

Den hade mänskliga ögon.

Kall och obeveklig hängde varelsen utanför det tunna glaset som skilde dem åt och Karl backade, bort från motljuset, längre in i den tillfälliga säkerheten på vinden. Han vågade inte släppa fönstret med blicken men backade ändå så långt han kunde.

När han nådde väggen i andra änden av vinden såg

han inte längre mörkret och ögonen. Ändå visste han att de fanns där. Iakttog honom. Bidade sin tid.

Skuggan vakade tålmodigt över honom.

Han hade vetat att något skulle hända när han kom till huset. Han hade kanske räknat med att komma till någon sorts insikt eller sköljas ur av någon sorts katharsis. Men han hade inte kunnat gissa det här. Han hade inte förutsett i vilken form mörkret skulle komma efter honom.

Ändå var detta fullkomligt logiskt. Han fann det inte ett dugg märkligt eller osannolikt där han nu sjönk ner mot väggen och väntade på att gryningen och ljuset skulle komma och driva bort skepnaden.

Han skulle vänta och lyssna tills han blev ensam igen. Han skulle invänta gryningen. Det här var naturligtvis vad han hade kommit hit för.

Det var självklart att en gengångare skulle komma efter honom.

Andra delen

12

Karl vaknade med ett ryck. Dagsljuset som strilade in genom fönstren bländade honom och han såg sig snabbt omkring.

Takluckan var fortfarande låst, men täckt av en torkad brun substans, nästan som bränd lera. Dörren var också låst och fönstren var hela. Han var ensam.

Den mörka skepnaden hade försvunnit med gryningen som han hade hoppats.

Stel och öm efter den obekväma sovställningen på golvet reste han sig sakta upp och försökte räta ut kroppen igen. Det hade visst inte blivit något av med den där bekväma nattens sömn på en madrass som han hade sett fram emot.

Han upptäckte medan han gick fram till det starka dagsljuset vid fönstret att hans armar och överkropp var täckt av samma torra lera som fanns vid takluckan och på stegen. Han borstade av sig dammet och gnuggade det ur håret så gott han kunde.

Sedan la han sig på madrassen en stund och försökte slappna av. Medan han låg där några minuter tittade han ut genom fönstret. Trots allt som hänt under natten såg inget ovanligt därute. Bara lövträden som vajade i en knappt märkbar vind.

Efter en stund klev han upp och klädde sig. Han letade fram ett paket hårdbröd och en tub skinkost.

Med lite mat i magen kändes allt bättre.

Nattens händelser var nu avlägsna och overkliga. Ändå såg han tydligt spåren av varelsens fuktiga hud som nu torkat och virvlade runt som damm när han närmade sig stegen till takluckan.

Han borstade av stegpinnarna och klättrade upp till luckan. Det rasade ner mer damm och han var tvungen att blunda och försöka hitta låssprinten med fingrarna.

Ljuset från luckan när den öppnades var ögonbedövande. Han kisade och klättrade försiktigt upp på det takpappstäckta taket. Utanför luckan fanns mer av den torkade substansen och spår som ledde mellan brandstegen på baksidan, luckan och husets högra gavel.

Karl satte sig intill skorstenen och funderade. Nu var det tomt på taket. Men vad skulle hända när det blev skymning igen? Skulle den mörka varelsen komma tillbaka igen? Skulle den nöja sig med att sitta böjd ut över fönstret och bara stirra på honom igen?

Nej, det var nog mer troligt att den skulle hitta ett sätt att ta sig in.

Att bege sig bort från huset innan skymningen kom igen var inte ett alternativ. Karl hade kommit hit av en anledning och den jorddoftande varelsen var en del av den anledningen.

Alltså skulle han vara tvungen att möta den.

Men inte än. Inte redan samma kväll. Han hade några saker att ta hand om först. Kanske i morgon kväll. Eller nästa kväll. Då skulle han släppa in den.

När han var redo skulle han välkomna varelsen in på vinden.

Så småningom skulle han släppa in skuggan.

Men inte ikväll.

Först måste han göra sig beredd.

13

När Karl tagit sig ner från taket hämtade han ficklampan och begav sig ner mot källaren igen. I trapphuset fanns mer av det torkade dammet som blivit kvar efter det nattliga besöket. Han följde spåren och såg att gengångaren hade kommit upp från källaren. Det bekräftade hans misstankar och hade han inte behövt hämta en hink att få upp vatten i hade han barrikaderat ståldörren till källaren omgående.

Istället gick han med ficklampan i ena handen och en plankbit som tillhygge i andra ner i källaren. Sakta tog han sig genom bråten, in genom de mindre rummen, fram till det mögeltäckta rummet med badkaren och det söndergrävda golvet.

Nervöst lyste han runt i rummet och mot hålet med ficklampan. Varelsen syntes inte till. Så han gick fram till högen med verktyg och letade fram två plåthinkar som såg hyfsat rena ut. Sedan gick han vaksamt med ilningar längs ryggen ut mot det något tryggare första rummet.

Där tog han fram nyckeln och låste dörren han öppnat när han kom. Även om han nu inte trodde det spelade någon roll längre. Sedan letade han bland de gröna militärlådorna tills han hittade ett rep i en av dem.

Med repet i ena hinken gick han ut i trapphuset och drog igen skyddsdörren bakom sig. Plankan han hade haft som tillhygge kilade han fast vid handtaget så att det åtminstone skulle bli lite svårare att öppna den från insidan.

I verktygsskåpet som fanns i pannrummet hittade han en hammare, en såg och en låda spik. Dessa lämnade han på ett trappsteg i trapphuset medan han med hinkarna och repet gick ut mot brunnen bakom huset.

Brunnen låg i skuggan bland några träd och dess väggar och lock var gjutna av cement. Locket var nästan en meter i diameter och Karl lyckades med lite kamp skjuta det åt sidan tillräckligt mycket för att kunna sänka ner en hink.

Det luktade friskt från brunnen, så vattnet borde vara fräscht. Men för säkerhets skull provsmakade han en klunk när han fått upp den första hinken. Det smakade som det skulle så Karl hissade upp vatten i båda hinkarna och sköt sedan för locket igen. Repet hängde han över nacken och bar sedan med sig vattnet in i huset.

Först hade han tänkt ta upp hinkarna till vinden, men redan på första våningen ångrade han sig. De var tyngre än han hade trott och han var inte längre lika stark som förr. I stället bar han in dem i köket och insåg att det skulle vara mycket smidigare. Avloppet borde fortfarande fungera tänkte han och hällde en skvätt i vasken. Den rann ut och han hörde vattnet gurglande försvinna ner i rören.

Nöjd över att ha vatten i huset gick han till rummet med de lösa golvplankorna. Han tog med sig några av plankorna och gick ner till ytterdörren. Där tillverkade han en par fästen och en rejäl tvärslå som han enkelt kunde lägga för och barrikadera dörren med. Den skulle knappast gå att forcera med våld, tänkte han och lät den hänga på plats.

Därefter tog han med sig verktygen, hämtade ytterligare några plankor och gick upp på vinden. Där gjorde han även en liknande tvärslå till vindsdörren. Takluckan var ganska rejäl, så den var han inte orolig över så länge den var låst. Fönstren bekymrade honom däremot. Någon eller något skulle kunna slå sönder dem och klättra in från taket.

Han funderade på att tillverka någon sorts luckor men visste inte riktigt hur han skulle utforma dem. Samtidigt kände han sig ganska trött. Han hade inte sovit mycket under natten. Så han la sig på madrassen för att vila en stund och fundera över sitt bygge.

Tankarna irrade ut ur huset och till slut hamnade han bland växterna på baksidan. Han hade sett att där växte blommor och det fick honom att tänka på Gabriella igen. Hon som älskade blommor hade nog stannat och plockat en bukett innan hon hämtade vatten om hon hade följt med för att bo i huset med honom.

Hon skulle ha gått iväg med hinkarna och sedan kommit tillbaka med bara buketten. Leende hade hon tvingat honom att lukta på den. Sen hade han frågat om det inte behövdes vatten till vasen och då hade hon på ett överdrivet sätt slagit sig för pannan och utropat: "brunnen", innan hon sprang iväg ut till hinkarna igen.

Han skulle ha skrattat för sig själv och skakat på huvudet.

Kanske borde han plocka en bukett till henne och

ställa vid fönstret.

Det tog inte många minuter innan han sov.

14

Först efter några förvirrade sekunder förstod Karl att det var värken i den sönderrivna tumnageln som väckte honom. Han satte sig upp i soffan, stirrade tomt på teven som gått i viloläge och huttrade till. De bleka blå siffrorna på förstärkarens display berättade att klockan var strax efter tre på morgonen.

Det tog en stund innan han insåg han låg i soffan hemma i sitt vardagsrum och inte befann sig någon annanstans. Han hade drömt något konstigt, men mindes inte riktigt vad. Det hände då och då att han vaknade och kände hur hans kropp var rädd för något utan att han själv visste varför. Om stressen över allt som pågick runt honom bara lade sig skulle nog alla mardrömmar försvinna också. Hoppades han.

Medan han försökte vakna till ordentligt stirrade han på ett tomrum han tidigare inte hade lagt märke till. Bland böckerna i bokhyllan fanns ett hyllplan med några exklusiva prydnadsföremål.

En gråsvart japansk kintsugi-skål vars sprickor lagats med äkta guld. Ett bläckhorn som ägts av Karin Boye. En 400 år gammal klocka infattad i en mörk trälåda.

Och så tomrummet.

Något fattades på hyllan. Men vad? Det kändes som om Karl hade drömt om vad det nu var som brukade stå där. Eller hade han bara drömt att det brukade finnas något där? En svart statyett? Eller nej... Det var helt tomt i tankarna tills han av någon anledning började tänka på huset på Lundsvägen. Då blinkade han bort känslan av att något saknades i hyllan och tänkte att han skulle fråga Gabriella om det när hon kom hem igen.

Stelt reste han sig upp och drog åt sig en röd filt som låg slängd i fåtöljen bredvid soffan. Den lindade han runt sin alltjämt nakna kropp och gick sedan ut i köket där han stirrade tomt in i kylskåpet ända tills han började frysa igen. Då drack han några klunkar mjölk direkt ur paketet och stängde sedan dörren.

Först var han på väg till sovrummet men ändrade sedan kurs och hamnade framför medicinskåpet i badrummet. Där letade han bland plåsteraskar, graviditetstester och skavsårstejp fram en ask värktabletter och tog en med några klunkar vatten.

När han sedan var på väg mot sovrummet igen hejdade han sig plötsligt.

Dörren till Jessicas rum stod lite på glänt och han fick känslan av att det var någon därinne. Han kände en närvaro, trots att han visste att det var tomt därinne. Han var ensam hemma. Ändå kunde han inte sluta känna i ryggraden att det var någon som höll honom sällskap, att det var någon som följde efter honom.

Den känslan hade han nog haft ett tag. Ända sedan han hade träffat den där mannen med hatten ute vid huset på Lundsvägen. Först hade det bara varit en svag känsla, en aning om andetag i närheten, men det bara växte och nu inbillade han sig att det var någon inne i det förbjudna rummet.

Sakta drog han filten tätare runt sig och gick in över tröskeln. Han kände närvaron ännu starkare men såg förstås ingen. Han kände också att det här inte var en del av hans lägenhet. Jessica hade annekterat rummet och gjort det till sitt så tydligt att Karl kände sig som en inkräktare härinne.

Han fick stå där en stund innan han lyckades övervinna sin impuls att genast lämna rummet. Till slut tog dock nyfikenheten över och han tog några steg längre in på flickans autonoma territorium.

På en sorts anslagstavla hade hon satt upp fotografier och han tände skrivbordslampan för att se tydligare. De flesta foton föreställde två av Jessicas klasskompisar. Sofia som poserade seriöst och Veronica som gjorde grimaser. Det fanns även ett foto på Gabriella och Henrik, taget på den lilla flytbryggan ute vid Henriks stuga.

Karl visste redan att han inte skulle vara med på någon bild. Jessica hade levt med kameran fastvuxen i handen de första månaderna efter födelsedagen och fotat allt som fanns i lägenheten. Utom Karl. Hon hade inte tagit en enda bild på honom. Karl var medveten om det och kände sig besviken, utesluten.

Det var förstås en del av den distansering som ständigt växte mellan dem. Varför höll hon honom så på avstånd?

Jessica hade även vägrat byta efternamn till Reimann när han och Gabriella gifte sig. Hon hade envisats med att behålla sin biologiska pappas efternamn. Jessica Ljungström. Karl som bara ville knyta familjen närmare tillsammans.

Då hördes ett dämpat ljud utifrån trapphuset och Karl ryckte till, tog instinktivt ett par steg mot dörren, men stannade sedan upp.

Plötsligt kände han någon sorts ilska välla upp inom sig. Varför hade han blivit rädd när han trodde att det var någon som kom hem? Hade han inte rätt att vara var som helst i sin lägenhet kanske? Vem var det som betalade hyran egentligen?

Han släppte filten han höll om sig så den föll till hans fötter och riktade sin plötsligt uppflammande vrede mot fotografierna på anslagstavlan. Med båda händer slet han loss bilderna och rev sönder och knölade ihop dem innan han kastade alltihop på golvet. Han sparkade omkull stolen vid skrivbordet och slet loss skrivbords- lampan som gick sönder när han slängde den i golvet.

Sedan stirrade han på hennes prydligt bäddade säng och undrade vad det var för fel på henne, en tonåring som bäddar sängen frivilligt, det måste vara nåt fel, hur kunde hon vara så ordentlig, vad var det hon ville dölja med det, hon måste ha någon hemlighet.

Han klev fram och slet upp sängkläderna och rev ut dem över golvet som om han letade efter något dolt bland dem. När han inte hittade något backade han och såg förvirrat på oredan som om det inte riktigt var det resultatet han hade förväntat sig.

Sedan stirrade han på sin bandagerade tumme som nu bultade av smärta efter den omilda behandlingen.

Han svor tyst för sig själv och plockade upp sin filt innan han gick ut och stängde dörren mellan sig och den skamfyllda besvikelse han lämnat efter sig i rummet.

15

Någonstans utanför huset hördes musik.

Karl vaknade med ett ryck och satte sig upp. Han hade bara tänkt vila lite och trodde skärrad att han sovit så länge att det nu blivit natt. I själva verket handlade det om en knapp timme, det var fortfarande mitt på dagen.

Förvirrat reste han sig upp och försökte lokalisera varifrån musiken kom. Han sprang fram till fönstren och spanade ut men såg inget särskilt. Musiken hördes däremot tydligare, så den kom uppenbarligen utifrån.

Så tyst han kunde skyndade han fram till vindsdörren, hakade loss tvärslån han byggt och fortsatte ut i trapphuset. Längs väggen smög han fram till det lilla fönstret en halvtrappa ner. Där stannade han och kikade ut.

Mitt på grusplanen utanför fönstret stod en cykel med en cykelkorg uppställd. I korgen låg bland annat en batteridriven högtalare och det var ur den det strömmade lugn och behaglig gammal soulmusik.

Fönstret var inte så stort så han kunde inte se så mycket mer. Därför fortsatte han försiktigt nedåt en våning och sprang in i rummet med det stora gamla elementet. Där spanade han ut mot framsidan genom ett bättre placerat fönster. Fortfarande utan att upptäcka något. Någon måste ju ha ställt dit cykeln.

Karl gick tillbaka och kikade ut genom fönstren åt sidan och bakom huset. Han såg först inget annat än björksly och träd. Men sedan var det något som rörde sig mellan några buskar.

En kvinna reste sig plötsligt upp ur grönskan och klev

fram medan hon drog upp sina byxor. När hon sedan knäppt igen dem drog hon händerna över några blad och såg sig omkring. Karl kände sig väl dold bakom det smutsiga fönstret så han stod kvar och fortsatte följa henne med blicken.

Hon hade axellångt blont hår och var även i övrigt ganska ljus. Kroppen var ganska smal och han gissade att hon var någonstans mellan tjugo och trettio år gammal.

Kvinnan skuggade ögonen med handen och verkade titta på brandstegen på baksidan. Den slutade drygt två meter över marken så det skulle inte vara helt lätt att klättra upp. I stället fortsatte hon tillbaka till husets framsida och Karl smög över till elementrummet igen.

Därifrån såg han henne slå en lov och granska omgivningen innan hon gick fram till huset och försökte öppna ytterdörren.

Karl sprang så tyst han kunde nedför trappan och stannade med en hand på tvärslån. Den låg stilla och på plats. Hon skulle inte kunna öppna dörren utan en smärre murbräcka.

Kvinnan skakade och ruskade på dörren, men den förblev naturligtvis stängd. Det blev stilla och tyst igen. Karl hoppades att hans hjärta inte slog så högt att hon hörde det nu när de stod knappt en halvmeter från varandra.

Han väntade på att hon skulle gå bort från dörren men hörde inget som tydde på att hon gick. Hennes fotsteg borde ha hörts knastra på gruset i så fall. Vad väntade hon på?

Han lade örat mot dörren och lyssnade. Hon verkade stå kvar där utanför, han uppfattade hennes rörelser ibland, men förstod inte vad hon gjorde.

Efter en stund hörde han ljudet av papper som revs loss från ett block och sedan prasslades in i dörrspringan. Därefter steg som avlägsnade sig. Hade hon lämnat ett meddelande?

Återigen sprang han upp till sitt utkiksfönster och tittade ut. Kvinnan stod och plockade i sin cykelkorg. Ur en väska fick hon fram en systemkamera och en vattenflaska i matt metall. Hon drack några klunkar och stoppade tillbaka flaskan innan hon började fota.

Hon dokumenterade hela fasaden och gick sedan närmare för detaljer, de rostiga källarluckorna, sprickorna i putsen och de trasiga fönstren. Därefter fortsatte hon runt huset på samma sätt.

Karl följde efter runt och kikade diskret ut genom fönstren för att hålla koll på vad hon gjorde. Ett tag var han orolig att hon skulle försöka ta sig upp på brandstegen, men sedan fortsatte hon vidare runt huset.

Till slut var hon tillbaka vid cykeln igen. Där packade hon ner kameran igen och stod sedan en stund och betraktade huset.

Det var uppenbart att hon hade en idé. Och Karl var säker på att han inte gillade den.

Han önskade att han kunde skrämma iväg henne så hon inte skulle komma tillbaka. Det skulle bli för farligt för henne att komma in i huset. Han visste inte vad som skulle ske. Dessutom ville han vara i fred. Han ville inte ha nyfikna flickor som sprang och störde honom nu när han äntligen hade tagit sig hit. Nu när han äntligen hade samlat mod att konfrontera det förflutna.

Här fanns alldeles för mycket svart mörker för att hon skulle vara säker.

Kvinnan satte sig på cykeln och fällde upp stödet. Med en sista blick över axeln trampade hon iväg och försvann bort längs den lilla grusvägen.

Karl drog lättad efter andan som om han hade haft svårt att andas medan hon var där.

Nu kunde han vara ifred igen.

Nu kunde han fortsätta att ta itu med saker.

16

Den trasiga nageln var fortfarande öm. Men eftersom det slutat blöda sedan längre så hade Karl nu bara ett plåster runt tummen.

Hela lördagsförmiddagen hade han gått rastlöst fram och tillbaka i lägenheten och städat och flyttat saker han inte tyckte stod på sin rätta plats. Han hade ofokuserat spelat teve-spel en stund och sedan försökte han titta på teve igen. Men inget kunde distrahera honom från hans tankar. Nu när han inte hade nåt att göra var det omöjligt att inte tänka på Gabriella och Jessica.

Vad gjorde de i stugan hos Henrik egentligen? Hade de roligt utan honom? Grillade, badade, lekte lekar, spelade spel?

Framåt eftermiddagen började han tänka att det inte var så långt till stugan. Det skulle knappt ta en timme att åka dit och överraska dem. Han skulle kunna ta med något gott att bjuda på. Kanske kinamat, eller sushi, det visste han att de tyckte om. Det skulle nog bli populärt.

Nu hade han fått vara ifred och vilat länge nog tyckte han. Visserligen hade han sovit illa under natten och vaknat flera gånger. Efter episoden i Jessicas rum hade han rastlöst vridit sig varv på varv mellan lakanen innan han lyckades somna igen. Vid halv sex hade han gått upp en gång till och ätit en smörgås och tagit ytterligare några djupa klunkar mjölk. Efter det fick han någon timmes sammanhängande sömn innan han slutligen hade klivit upp och klätt på sig vid åtta.

Eller, tänkte han, om han inte åkte till stugan skulle han kanske gå ut och äta nån god middag alldeles själv och sen retas genom att skicka Gabriella foton på vad han nu skulle lyxa till det med.

Han funderade på vad han skulle göra ända fram till sent på eftermiddagen då han utan att egentligen ha bestämt bara sig satte sig i bilen och körde iväg. Utan att veta riktigt vart han var på väg snirklade han runt inne i staden som om han väntade på ett tecken. Han passerade sushi-restaurangen men stannade inte.

Till slut var han ute på motorvägen, på väg västerut. På väg mot Henriks stuga. Utan mat och med sig själv som enda överraskning.

Hur skulle han förklara det, undrade han för sig själv. Varför dyka upp sådär utan förvarning? Han skulle förstås kunna sova över till söndagen och sen åka hem igen. Gabriella och Jessica skulle stanna till måndag morgon och sedan åka direkt till jobbet och skolan.

Det var en ganska onödig resa egentligen, det insåg han ju själv. Men han kunde varken stanna eller vända. Han svängde sammanbitet runt ett extra varv i en rondell och försökte få sig själv att åka tillbaka hem igen. Men det gick inte, han körde vidare runt igen och fortsatte längs vägen ut på landsbygden.

Efter drygt en timme av onödiga omvägar började han närma sig stugan som låg ganska avsides längs en mindre väg. Då hade han bestämt sig för att han bara skulle se vad de gjorde. Han tänkte bara kika lite eftersom han var nyfiken.

Han hittade en liten infart till en skogsväg några hundra meter innan stugan där han parkerade bilen. Sedan fortsatte han till fots genom skogen och höll på att gå åt fel håll redan från början. Han hade bara varit vid stugan några få gånger och hade inte så bra uppfattning om geografin.

När han äntligen närmade sig stugan tog han sig fram bland några buskar och hukade sig ner, väl dold på behörigt avstånd.

Det var en timrad liten röd stuga med vitt runt fönstren och en blå dörr. På framsidan fanns en gräsmatta och mitt på den tre solstolar och ett bord i trä. Lite längre bort stod en grill och Karl kände att det fortfarande luktade grillat.

Jessica satt i en av solstolarna iklädd linne, shorts och stora solglasögon och skrev i en anteckningsbok. Det lät även som om någon snickrade i ett litet uthus längre bort.

Inget annat särskilt verkade hända vid stugan.

Karl stod obekvämt nedhukad och önskade att han hade haft en kikare.

När en kvart hade gått var han tvungen att lägga sig

ner så att han skulle kunna sträcka ut sina bortdomnade ben. Då insåg han att han skulle kunna krypa åtskilliga meter närmare och få lite bättre sikt. Vilket han också gjorde. Sakta ålade han närmare stugan och sin ovetande styvdotter.

Till slut kunde han inte komma närmare och där stannade han. Liggande i skuggan bakom en tallstam och några små buskar såg han att Jessica lagt undan anteckningsboken och nu läste boken hon hade haft sånt besvär att packa ner innan hon for.

Det tog ytterligare en halvtimme innan något hände. Henrik kom gående från uthuset, försvann in i stugan och kom tillbaka nästan direkt med två glasspinnar i handen. Han satte sig i en stol bredvid Jessica och gav den ena glassen till henne medan hon lade undan sin bok. Sedan satt de där och njöt av solen. Fällde ryggstöden bakåt. Småpratade lite.

När glassen var slut fortsatte Henrik snickra vid uthuset och Jessica tog så småningom med sig sina saker och försvann in i stugan.

Karl låg kvar i ytterligare en halvtimme i buskarna och väntade på att få en skymt av Gabriella. Han ville veta vad hon gjorde också. Låg hon och vilade? Hade hon fått huvudvärk igen? Han var bara lite nyfiken.

Men inget hände och solen värmde inte lika mycket längre. Han började nästan känna sig lite frusen.

Skulle det kanske vara möjligt att smyga runt till baksidan och försöka se nåt genom fönstren? Karl var på väg att försöka då han kände något som stacks i nacken. Det var som om något kröp i hårbotten och han strök handen över sitt korta hår. Då ramlade ett tiotal myror ner från hans huvud och han började få panik. Han kröp så fort han kunde baklänges och kände hur det stacks på armarna, längs benen, upp mot ljumskarna och runt halsen.

Myrorna hade haft gott om tid att klättra upp på honom och ta sig in under kläderna. Nu när han började röra sig anföll de.

Han kröp hysteriskt ut ur synhåll, reste sig sedan upp och sprang tillbaka mot bilen. När han var nästan framme slet han av sig kläderna och försökte få bort alla de ettriga små krypen. Han var på väg att börja gråta av smärtan och skräcken. Det var många fler myror än han först trodde och de bet honom överallt. Han försökte sopa bort dem med händerna och oftast föll de av. Ibland lossnade dock bara kroppen medan huvudet satt kvar med käkarna djupt inborrade i hans hud.

Det fanns en liten bäck i diket intill vägen där han lämnat bilen. Dit tog han sig och försökte lägga sig i den smala bäckfåran utan större framgång. Han kunde i alla fall ösa vatten över sig och svalka sin brännande kropp medan han sköljde bort de sista myrorna.

Han grät och ångrade sig. Varför hade han gjort något så dumt? Varför hade han inte stannat hemma? Hur fan skulle han kunna förklara alla betten?

Hur hade han hamnat här?

När han började lugna ner sig samlade han ihop kläderna han slängt av sig och försökte skölja bort de kvarvarande myrorna ur dem innan han återvände till bilen.

Alltihop kändes overkligt.

Fortfarande darrande av adrenalin och smärta satte han sig i bilen och började köra hemåt.

Det var knappt så han ville kännas vid sitt ansikte när han råkade se sig själv i backspegeln.

Han skämdes.

Och han var rädd.

17

På lappen kvinnan hade lämnat i dörrspringan stod ett meddelande.

Hej du som äger detta hus. Om du hittar detta medde-lande var vänlig kontakta mig snarast möjligt. Jag håller på med ett fotoprojekt och skulle gärna vilja komma in och ta några bilder inne i huset. Vore mycket tacksam om det gick att ordna snabbt. Med vänlig hälsning, Sofia Zetterling.

Karl hade läst lappen flera gånger och kunde redan det mobilnummer som stod längst ner utantill. Sifferminnet var det fortfarande inget fel på.

Det var kväll och han hade ägnat ett par timmar åt att spika plankor för vindsfönstren. Han hade lämnat lagom stora glipor mellan dem så att han skulle kunna titta ut samtidigt som det skulle bli mycket svårt att ta sig in.

Han låg nu vilande på sin madrass och läste lappen igen. Den oroade honom på något sätt. Den störde hans koncentration. Han kunde inte sluta tänka på att kvin-nan på cykeln skulle komma tillbaka förr eller senare, vare sig han ville det eller inte.

Tidigare under kvällen hade han värmt en konservburk med gulaschsoppa till middag och sen kokat vatten på Trangiaköket så att han kunde tvätta sin kropp så gott det gick över diskhon i köket. Sedan hade han besökt den dassgrop han tidigare på dagen grävt bakom huset och hämtat in nytt vatten innan han stängde in sig på vinden med sina nya säkerhetsanordningar för både ytterdörren och vindsdörren.

Han hade även sköljt sina kläder och hade nu en ny tröja på sig eftersom den gamla hängde på tork tillsammans med några kalsonger och strumpor på repet han knutit fast mellan två av takbjälkarna.

Det kunde ha varit riktigt hemtrevligt i oljelampans sken om det inte var för att han med stigande oro visste vad som skulle hända när det blev tillräckligt mörkt ute.

När han hade granskat lappen länge nog stoppade han den i ryggsäcken och tog fram ett anteckningsblock och en penna. Han bläddrade förbi några sidor med krafsig handstil och hittade ett nytt, tomt blad.

Jessica! skrev han överst på sidan och tappade sen modet.

Han ville skriva till henne och förklara. Han ville berätta vad som hänt. Han ville att hon skulle förstå.

Men hur förklarar man något sådant.

Han lade blocket och pennan i ryggsäcken igen. Det fallande mörkret började göra honom alltför nervös för att kunna koncentrera sig på ett brev. Ett så viktigt brev krävde lugn och ro.

Det fick bli ett nytt försök i morgon.

18

När Karl kom hem, nedslagen efter sin fullständigt misslyckade resa till Henriks stuga, tog han en lång och efterlängtad dusch. Sedan letade han fram en tub aloekräm som han brukade använda på halsen när han blev irriterad av rakningen. Den smorde han in hela kroppen med och kände hur det började bränna ännu värre i myrbetten under några minuter innan hettan lugnade sig något och det kändes bättre.

Han stod i badrummet och ville inte riktigt möta sin spegelbild. Det var något med hans ögon som inte stämde. De stirrade så märkligt på honom. Som om det inte var hans egen blick han mötte.

Medan han stod och väntade på att krämen skulle torka, så han kunde ta på sig kläder, undrade han vad som fått honom att åka ut till Henriks stuga. Minnet av myrorna överskuggade tankarna som fört honom dit och han mindes bara betten. Alltihop hade gått automatiskt på något sätt.

Han skulle kunna säga att han hade somnat på en filt i parken. Att han legat för nära en myrstack. Kanske måste han gå ut och se var det finns en ifall någon frågar var han hade legat. Det var enda sättet att förklara betten som knappast skulle hinna försvinna innan Gabriella kom hem.

Klockan var nio på kvällen när han kände att han inte kunde stanna hemma längre.

De alltför välbekanta väggarna och ordningen störde honom. Allt stod för noggrant placerat, allt var så rent och själv var han en oreda av smuts och infektion. Han kliade försiktigt över de röda och svullna betten. Det kändes som om de skulle börja brista och läcka ut blod och var vilken sekund som helst.

Hur kunde han smitta ner deras rena tillvaro genom att ta med sig detta hem? Hur kunde han tillåta att en främmande infektion riskerade att få fäste i väggarna? Hur kunde han riskera att någon sjukdom sipprade in i Jessicas oskuldsfulla och rena rum?

Han var tvungen att ge sig av. Det var det enda logiska. Smittan måste ut.

En stund senare hade han klätt på sig och var på väg ut till bilen med nycklarna i ena handen och två kvarts-flaskor vodka klirrande i en systembolagspåse i den andra. Han tänkte desinficera sig själv och hoppades bli klar innan hans familj kom hem.

Återigen hade han bestämt sig utan att han egentligen tagit något riktigt beslut. Det var nästan som om någon bestämde åt honom. Men han följde med utan att prote-stera. Det var nästan så han nyfiket undrade vad som skulle hända härnäst.

Det var först när han parkerade bilen som han insåg vart han hade åkt. Han stod bland några andra parkerade bilar på gatan utanför sin kollega Johan Olssons villa. Karl brukade skämta om att han inte kom ihåg adressen, och sa alltid Fågelvägen 6, eftersom kvarterets gator var uppkallade efter rovfåglar. Johan bodde egentligen på Ormvråksgatan 6.

När han stängde av bilen hörde han ljud av musik och fest. Johan firade sin födelsedag med ett stort kalas. Hur mycket fyllde han egentligen? Det hade Karl aldrig uppfattat.

Färgglada lampor hängde i trädgården och musiken kom ur ett öppet fönster. En stor grill stod övergiven på gräsmattan och på borden hopades resterna av en stor middag med mycket dryck.

Här kunde han rena sig med sprit utan att någon skulle märka det. Han visste hur firmafesterna brukade se ut när det gällde alkoholkonsumtion. Därför brukade han oftast undvika dem. Men nu behövde han bedöva sig och glömma, gömma undan, ångra det han gjort.

Genom fönstren hörde han sina kollegors frustande skratt och han öppnade en av flaskorna han hade med sig. Att kliva nykter in till det sällskapet skulle vara värre än det som hände vid stugan. Nästan i alla fall, tänkte han och tog klunk på klunk av den klara vätskan. Det brände och rev i halsen och han fick för ett ögonblick för sig att han drack myror som bet och pissade i hans hals.

Han hostade till och sänkte flaskan. Ögonen tårades och han undrade i ett ögonblick av klarhet vad han egentligen höll på med. Med en kort blick i backspegeln mumlade han till och med högt för sig själv:

"Vad fan håller du på med, Karl?"

Sedan torkade han ögonen med baksidan av handen och fortsatte dricka ur flaskan.

Nu satt de andra därinne och skrattade. Det brukade de väl alltid göra utan honom. Visserligen var han oftast bjuden, men de frågade honom alltid på ett sätt som om de egentligen inte ville att han skulle komma. Han hade nog aldrig riktigt tänkt på det förut. Men nu skulle han vara med vare sig de ville eller inte.

Vem var det som var den bästa säljaren egentligen? Trodde de att det var någon annan än Karl skulle de nog snart få veta. Han skulle visa dem hur en ledare uppträder i sinom tid. Presentationen dagen innan var bara första steget. Han hade fler planer och han skulle visa dem. Han skulle inte sluta förrän han var den främste av dem. Han skulle inte sluta förrän han hade blivit erbjuden att bli delägare i företaget.

Gabriella skulle ha råd att sluta på reklambyrån och Jessica skulle få all fotoutrusning hon önskade, en hel studio. Han själv skulle kunna jobba hemifrån och de skulle kunna vara tillsammans utan att någon annan kom och störde deras lycka.

Allt skulle bli perfekt.

Nya planer tog form och ur handskfacket fick han fram ett anteckningsblock där han med spretiga bokstäver krafsade ner utkast och idéer.

I kavajfickan hade han med aloe-gelén och när det började klia i nacken tog han fram den och smorde in hela halsen igen.

Till slut var spritflaskan tom och han kände att han behövde pinka. Han reste sig mödosamt ur bilen och vinglade in på Johans gräsmatta.

Han passerade en gungställning och hittade några buskar i ett hörn där han stannade och öppnade sina byxor.

Då hördes ett gällt skrik och två barn sprang prasslande fram ur buskarna och försvann in i huset.

Karl hann knappt reagera. Det var dessutom omöjligt

att hejda sig när han väl hade släppt på flödet. Så han tänkte pinka färdigt och sen gå in och be om ursäkt. Han hade visserligen inte kunnat veta att det var någon som gömde sig i buskarna, men det kunde väl vara hövligt ändå.

19

Innan Karl hade pinkat färdigt hörde han hur någon skrek och svor inne i huset. Dörren öppnades och steg närmade sig.

"Vad fan håller du på med ", ropade en röst hotfullt bakom honom.

"Vem fan är det", undrade en annan.

"Vänd på dig för helvete", sa en tredje.

"Men vänta", sa Karl urskuldande. "Jag är inte färdig än."

Stegen kom närmare.

"Står du och onanerar din pedofiljävel", skrek den första rösten och Karl kände en hand slita tag i hans arm. Mannen bakom honom vred runt honom och Karl försökte hejda strålen, men kunde inte undvika att pricka mannens skor.

"Men förlåt", sa Karl nu en aning irriterat över att bli så missförstådd. "Jag behövde bara pissa. Ta't lugnt, hörru!"

Karl drog igen byxorna och såg nu att fler personer kommit ut. Mannen vars skor han hade pinkat på var Håkan Pettersson, hans chef. Bakom honom stod Johan Olsson och de två barn han skrämt fram ur buskarna.

"Men Karl för helvete, vad håller du på med", frågade Håkan ilsket röd i ansiktet.

"Jag tänkte bara titta förbi festen. Men jag blev pinknödig."

"Barnen sa att du stod och blottade dig för dom!"

"Men dom låg i buskarna och gömde sig, jag såg dom inte! Det var bråttom."

Håkan såg på barnen som blygt såg åt ett annat håll.

"Skulle han pinka eller vad gjorde han", frågade han barskt.

Barnen svarade inte utan fortsatte titta bort.

"Jaha", sa Håkan och vände sig till Karl igen. "Förlåt Karl, jag hade visst lite för bråttom. Jag missförstod ungarna. Men du skulle ha kommit in och använt toaletten istället."

Karl lyssnade inte så noga på honom, han hade förlorat balansen och halkade omkull in i busken.

Vodkan hade nu börjat verka på allvar. Runt honom luktade busken urin och han kände hur det sipprade ut ytterligare några droppar i byxorna eftersom han inte riktigt hunnit färdigt tidigare.

Sakta hade han förlorat fotfästet och började nu falla även inombords.

Johan kom fram och hjälpte honom upp ur busken.

"Hur är det Karl, du verkar ha fått i dig en del innan du kom."

"Det är ingen fara, jag tappade balansen lite bara. Grattis, hörru!"

"Tack så mycket."

"Varsågod, jag tänkte bara se vad ni håller på med här

om det går bra."

"Ja, du är välkommen. Vill du ha ett glas vatten kanske?"

"Vad ska jag med det till? Jag har en vodka till här nånstans."

Karl såg sig omkring efter påsen med den andra flaskan som han hade ställt på gräsmattan innan han gick fram till buskarna.

"För helvete, vem har min påse", frågade han ingen särskild.

De andra gästerna återvände in i villan medan Håkan klappade Karl på axeln och sa skämtsamt:

"Du ska få dig en whisky av mig, Karl, bara du lovar att inte pinka på folk därinne!"

Varken Håkan eller någon av de andra gästerna var riktigt nyktra så alla skrattade, i synnerhet Håkan själv, trots att det inte var särskilt roligt. Karl tyckte inte alls om skämtet, men följde med honom in ändå.

Johan, som sett att Karl hade fått för mycket redan och tagit hand om hans sprit, kom lite efter och ställde diskret in påsen i köket. Han var nog den enda som insåg att allt inte stod rätt till med Karl – att han inte bara var berusad.

Ett tag stod Karl och betraktade de andra som om de inte existerade. Några personer han kände igen, bland annat Johans fru Elin, hälsade på honom och han hälsade tomt tillbaka. Folk rörde sig runt honom och musiken kändes pålagd i efterhand. Den var inte riktigt verklig. Världen krympte runt honom. Eller var det han som växte?

Ett glas med mörkgul vätska trycktes i handen på honom och han svepte hela utan att känna någon smak. Håkan skrattade framför honom och Karl tyckte att mannen såg ut som ett groteskt, förvridet missfoster. Han kände ett starkt förakt och tänkte att han borde skära honom med en kniv bara för att se vad som fanns under det där äckliga ansiktet.

"Var har du frugan då, Karl", frågade Håkan glatt och hällde upp mer whisky i glaset.

Karl kämpade för att inte spotta honom i ansiktet. Sedan sa han:

"Hon är hos sin kompis och knullar."

Karl skrattade till och Håkan visste inte vad han skulle säga.

"Nej då", fortsatte Karl och såg sig om efter något han kunde använda för att ge sig på det där otäcka ansiktet med. "Nej, jag skojar bara, hon är på semester med sin dotter."

"Ah, det låter ju trevligt. Skönt med lite semester nu när vi har så fint väder…"

"Själv står jag här med en massa missfoster man skulle vilja tälja loss ansiktet på", avbröt Karl med neutral, nästan uttråkad röst.

Håkan tittade chockat på honom och försökte förstå om det var frågan om ett dåligt skämt eller om Karl menade allvar. När han inte heller kunde avläsa Karls kroppsspråk stelnade han till och backade instinktivt några centimeter.

"Det känns som om jag håller på att förlora henne", fortsatte Karl oberört, lätt sluddrande.

"Låter tråkigt", sa Håkan som nu inte var lika upp- sluppen längre.

"Jag undrar vad som ska hända. Undrar inte du vad som ska hända?"

"Hända med vad?"

"Hela skiten. Om jag förlorar Bella, om jag skär upp era fläskiga ansikten, vad händer då?"

"Fundera inte på det nu, Karl. Ta en grogg och ha roligt istället."

Håkan såg sig omkring, som för att se att det inte fanns något farligt föremål i närheten, innan han bekym- rat gick bort och satte sig hos några kollegor i en soffa längre bort i vardagsrummet.

Karl tappade koncentrationen på honom. Istället fann han sig stående vid en bokhylla. Han försökte läsa tit- larna och drog med fingret över ryggarna. Det var en gammal vana att alltid undersöka folks bokhyllor.

"Skulle inte du vara hemma och vila upp dig", frågade Johan som dök upp bakom honom med ett stort glas vatten i handen.

"Jag är så utvilad man kan bli", tyckte Karl och kliade utan att märka det sönder några av såren i nacken. Han märkte inte heller att han fick blod på fingrarna.

"Det var kul att du kom för en gångs skull, du har ju knappt varit här", sa Johan för att hålla sin vän lugn.

Karl pekade på en bok i hyllan och sa:

"Den här har jag också, av Thomas D. Bergman, det är en kompis till min syster Martina. Jag fick den av henne."

"Jaså? Ja, den är lite speciell. Men bra. Jag har den sig- nerad, känner Thomas sen vi var små. Vi gick i samma klass i högstadiet."

"Han skulle hälsa på Martina i Berlin, hon bor där nu, men han dök aldrig upp. Han är försvunnen. Ingen vet var han är tydligen."

"Åh fan, det visste jag inte."

"Nu vet du. Jag tror jag ska åka och hälsa på henne. Tar bilen och bara drar. Då kanske jag kan få slippa ifrån alltihop. Vet du, jag hörde Gabriella prata högt en natt. Hon sa nåt om att jag skulle dö i mörkret."

"Oj, vad menade hon med det?"

"Hon oroar sig för mig."

Johan stod tyst som om han tänkte att han också oroade sig över honom.

"Men Berlin var det", fortsatte Karl. "Jag har inte träffat Martina på länge. Hänger du med?"

"Nej, jag tror inte det. Men det är ju en spännande stad."

"Spännande? Ja, utav bara helvete om man så vill. En kompis till mig fick syfilis där när han var tjugo."

"Jag trodde syfilis var utrotat."

"Jag också. Men han sa det var syfilis. Jag ljuger inte."

"Det sa jag inte heller. Men det finns ju mycket att titta på förutom flickor."

"Haha, ja, det gör det ju förstås."

Johan verkade besvärad, men försökte småprata ändå. Han stod tyst en stund och funderade över något att prata om innan han fortsatte:

"Apropå hus, du vill inte berätta om dina planer för Lundsvägen 216?"

"Sch... För fan, dom andra får inte höra förrän det är

klart. Men jag kan viska till dig. Om du håller käft."

"Jadå, jag säger inget."

"Håller du käft?"

"Jag lovar."

"Det ska bli ett äventyrshus."

"Va?"

"Äventyrshus. Man kan lösa problem och klättra på väggar och tävla. Gokart-bana utanför. Det blir som ett upplevelsecentrum."

"Men är det inte lite långt från stan?"

"Nä, fan Johan, det är bara bra, man kan ha restaurang och kanske fixa boende i närheten. Sälja in det till företag och klassresor. Man kan tjäna hur mycket som helst på det. Ungar gillar sånt där."

"Det krävs väl en del renovering först antar jag."

"Det är lugnt, jag har varit där och kollat. Det ser bra ut. Taket och vinden är redan reparerat så det är i gott skick. De ska lägga på tegel snart, det är levererat, förra ägaren har redan bekostat det. Taket är viktigast."

"Och grunden. Glöm inte grunden, Karl."

"Just det, jag var ner i källaren. Men jag vet inte, jag minns inte riktigt hur det såg ut. Jag ska kolla på det igen nästa gång jag åker ut. Källaren kanske går använda som förråd. Det var en märklig gubbe med hatt där. Men man ska nog hålla sig över marknivå."

"Vad säger Håkan om det här projektet då?"

"Skit i honom. Jag ska göra det här på ett annat sätt. Men säg inget nu, särskilt inte till Håkan."

"Nädå, jag lovar."

"Har du sett min andra flaska, Johan? Nån snodde den

på gräsmattan."

"Jag tog hand om den åt dig, jag tänkte du skulle dricka lite vatten först."

"Men det var ju snällt", sa Karl sarkastiskt men tog ändå emot vattenglaset. "Tack så mycket, hämta nu min flaska."

Johan såg bekymrad ut, men gick ut till köket med Karl snubblande efter.

"Här är den. Men ta det lugnt nu är du snäll", bad Johan.

"Lugnt", sa Karl utan att mena det och upptäckte att han stod och krossade torrfoder i en hundmatskål med sin ena fot.

Överallt hade betten börjat klia igen.

20

På sin madrass i det förfallna huset satt Karl med sitt anteckningsblock. Han rev ur sidan där han skrivit *Kära Jessica!* och började om igen.

Jessica! skrev han efter ett djupt andetag. Men sedan tog det stopp igen. Det fanns inget sätt att börja berätta. Hur skulle han kunna förklara för henne vad som hade hänt när han kom till huset allra första gången när inte ens han själv förstod? Hur skulle han kunna berätta om mannen med hatten, om ljuset, och om vad som hände sedan när han inte ens själv visste hur det gått till?

Framför allt var det svårt att förklara varför. Och det var väl det som var det viktiga. Frågan han själv ville besvara.

Varför hade det hänt?

Hur skulle han kunna besvara det på några få sidor i ett brev?

Från våningen under hördes plötsligt en kraftig metalliskt ekande smäll. Det lät som om någon sparkade på det gamla elementet och Karl kom snabbt på fötter.

Han sprang fram till vindsdörren, lyfte på tvärslån och kikade ut i trapphuset. Det hade börjat skymma så det var svårt att se vad som hände därnere. Sakta tog han sig nedåt, hela tiden beredd på att återvända upp igen.

Ljudet hade kommit från andra våningen, alldeles under honom. Så han gick sakta vidare in mot det lilla rummet med det gamla elementet.

Medveten om att han var på väg in i en återvändsgränd fortsatte han försiktigt framåt. Han var tvungen att se vad som orsakat ljudet. Han måste veta.

Rummet var tomt, men något hade hänt med det stora elementet. Det var täckt av en kladdig och mörkröd fläck på mitten som sakta rann och droppade ner på golvet. Det var rött och klumpigt som av koagulerande blod.

Karl fick för ett ögonblick för sig att han såg ett kvinnohuvud dunkas så kraftigt mot det hårda elementet att blodet stänkte.

Han ryggade tillbaka och drog efter andan. En känsla av att sjunka uppfyllde honom och det ilade obehagligt i testiklarna. Han tittade bort, ut genom fönstret, och andades djupt ett par gånger innan han tittade tillbaka.

Elementet var fortfarande nedstänkt med mörk vätska.

Adrenalinet började pumpa och han sprang ut ur rummet, mot trapphuset. Där kände han lukten av jord igen. Precis som kvällen innan.

Han såg den kladdiga sörjan som varelsen hade utsöndrat på trappstegen som ledde upp mot vinden. Och när han tittade upp insåg han att det inte var mörker han såg däruppe vid dörren. Det var den svarta gengångaren som stod där och betraktade honom.

Ett svagt prasslande hördes där uppifrån och Karl stod utan att kunna röra sig medan skuggan sakta kom nedför trappen. Det var inte så lätt att se, men det var som om den snarare flöt nedför stegen än gick.

Den såg rakt mot honom men hade ingen brådska. Karl stirrade på den en kort stund och tyckte att han anade benvita nakna kvinnliga former insvepta djupt inne i den obehagliga tjocka svärtan.

Sedan sprang han nedför trappen och slet upp barrikaden för ytterdörren. Han fortsatte panikslaget ut ur huset och sprang över grusplanen utan att se sig om. Rakt in i den mörka björkskogen sprang han och tyckte sig för ett ögonblick ha kommit i säkerhet.

Då stannade han upp och lyssnade. Ingen följde efter honom från huset. Han kisade mellan grenarna men kunde inte se någon rörelse i det halvdunkel som skulle föreställa sommarnatt på sextiotredje breddgraden.

Björklöven var grå i mörkret runt honom och han lyckades lugna ner sin andhämtning något.

Då hörde han någon som sprang längre in ibland buskarna. Precis som dagen innan. Ett par hastiga steg och sen tystnade det igen.

Den mörka skepnaden var inte så snabb. Den kunde omöjligt ha tagit sig runt hela skogen på den korta tiden. Det var alltså något annat som rörde sig mot honom.

Karl stelnade till och höll andan.

Återigen hördes springande steg längre bort, och nu skymtade även rörelser. Någon kom närmare. Karl backade så tyst han kunde. Han ville inte stanna kvar i skogen, hellre återvände han till grusplanen och flydde längs skogsvägen åt andra hållet istället.

Fler rörelser skymtade bland löven och han hörde ljudet av någon som sprang fram och tillbaka runt honom, närmare och närmare.

Vem det än var så visste denne exakt var Karl stod och försökte gömma sig. Han bestämde sig därför för att försöka ta sig därifrån. Med ett djupt andetag sprang han så fort han kunde tillbaka mot huset.

Bakom sig hörde han hetsiga steg närma sig mer och mer.

Han försökte se vem som förföljde honom, men såg bara en ljus och blek människoliknande skepnad följa efter bland lövslyn. Det var definitivt inte den svarta varelsen från huset. Den här skepnaden var annorlunda. Snabbt och smidigt nästan simmade den framåtlutad fram mellan träden.

Hela ryggen ilade av obehag och Karl kände hur den snabba förföljaren utstrålade en mycket starkare känsla av överhängande hot än han hade upplevt inne i huset.

Han ville inte bli ikappsprungen av det som följde efter honom.

När han närmade sig grusplanen var den förföljande

närvaron så nära bakom sig att han tyckte sig känna långa fingrar som försökte gripa tag i tröjan och nacken.

Blekt vita händer försökte krafsande få tag i honom men han vred sig undan och klöste med naglarna över de främmande svullna händerna. Stora sjok av svampartad hud skavdes loss och under den vita ytan var köttet svart och kladdigt.

Desperat försökte Karl fäkta undan händerna och kom i samma ögonblick ut på grusplanen. Då upphörde ljudet bakom honom och han stannade mitt på planen och vände sig om. Där såg han en blek, missbildad och svampig skepnad stå vid skogsbrynet och betrakta honom.

Skepnaden var en naken man utan ansikte. Istället för ögon, näsa och mun fanns bara en oreda av hudveck och håligheter som om någon med våld försökt modellera om mannens utseende men misslyckats katastrofalt.

Utan att röra sig stod den där och bara såg mot honom.

"Vad vill du", skrek Karl med mer hysterisk röst än han avsett.

Sedan ryggade han tillbaka när han efter några tysta ögonblick plötsligt fick svar. En obehaglig och torr mansröst rosslade, nästan viskade fram några ord:

"*Herregud Karl, vad du skräms. Jag trodde du menade allvar.*"

Karl stirrade skräckslaget på skepnaden och backade tillbaka mot huset. Mannen stod kvar bland buskarna och träden.

Tydligen fanns det vissa regler. Det som fanns i huset kunde inte lämna det och det som fanns i skogen kunde inte komma ut ur den.

Själv stod han på gränsen mitt emellan och hade ingen aning om vad han skulle ta sig till.

21

"Jag har ett hål i mig", sa Karl till Johan och höll sig för magen. "Det fattas något."

De stod ute vid trädgårdsmöblerna på Johans gräsmatta och Karl höll hårt i bordskanten för att inte ramla omkull. Johan stod bekymrat bredvid. Inne i huset dånade hög musik och ingen tog notis om det som var på väg att ske därute.

Karls ansiktsuttryck var kolsvart. Han såg inte längre ut som sig själv.

"Någon har stoppat in ett hål i mig", fortsatte han. "Det är ett tomrum som inte hör till. Det är inte jag som fattas. Hålet har stoppats in i min helhet och gjort mig mindre. Precis som i bokhyllan. Där stod nåt viktigt."

Johan hade inget svar och Karl pratade mer eller mindre för sig själv nu. Så istället tog Johan fram sin mobiltelefon och ringde efter en taxi. Han ville skicka bort problemet och ägna sig åt sin fest. Han ville inte att firandet skulle förstöras av att Karl var full och inte kunde kontrollera sig. Att Karl slutligen höll på att brista fullständigt var inget han förstod där och då. Han hoppades bara att någon annan skulle ta hand om problemet ikväll. Johan visste inte att han var Karls enda vän.

"Jag måste hitta något att fylla hålet med. Jag måste stoppa hålet innan det växer. Jag måste sy igen mig..."

"Det kommer strax en taxi, Karl, så du får åka hem och sova. Det känns bättre när du nyktrat till ska du se. Oroa dig inte för Gabriella..."

"Vad fan säger du om Gabriella?"

"Va? Nä, ingenting men..."

"Ingenting! Men varför säger du att jag inte ska oroa mig för henne då?"

"Jag menar bara att Gabriella..."

"Du ska inte ta hennes namn i din mun! Spotta ut!"

Karl vände sig hotfullt mot Johan som instinktivt backade ett par steg.

"Men Karl, ta det lugnt nu."

Istället för att svara tog Karl några snabba steg fram till Johan och grep hastigt ett hårt tag om hans hals. Johan försökte gurglande slita sig loss och det resulterade i att de båda föll till marken.

Karls ögon blixtrade och Johan försökte värja sig.

"Vad håller du på med", lyckades Johan väsa fram mellan sina hårt sammanbitna tänder.

Karl svarade inte utan fräste ut en kaskad av spott och grep hårdare tag om halsen. Då lyckades Johan få in ena benet mellan dem och lyckades sparka iväg Karl som ramlade rakt mot grillen och slog omkull den så aska och glöd virvlade ut över gräsmattan i ett symboliskt vulkanutbrott.

"Hjälp", ropade Johan med panik i rösten och försökte kravla sig upp. "Hjälp mig för helvete!"

Karl kom vingligt på fötter och avancerade mot Johan som fortsatte skrika:

"Kom och hjälp mig!"

Då hördes röster inne i huset och dörren öppnades. Johans fru och några män Karl inte kände igen kom utspringandes.

"Det är jag som behöver hjälp, Johan", väste Karl och sprang sedan förvånansvärt smidigt ut från tomten och vidare nedför gatan medan han hörde röster ropa hans namn bakom sig. Någon sprang halvhjärtat efter honom en bit men gav snabbt upp.

Blodet bankade i hans huvud och han sprang flera kvarter med sitt hål bubblande och kokande inom sig. På långt håll hörde han polissirener och han trodde för ett tag att de jagade honom. Sedan insåg han att de var på väg i hög hastighet åt ett helt annat håll.

När hans kropp inte orkade springa längre saktade han ner och fortsatte gå i riktning mot centrum.

Inom honom rådde totalt kaos. Berusad och förvirrad försökte han förstå varför han hade blivit så arg på Johan. Men han hittade ingen förklaring. Han mindes bara att han verkligen hade velat strypa honom.

Medan han fortsatte att gå kändes incidenten allt mer främmande och overklig. Det var som om det inte riktigt hade hänt. Känslan av att ha gjort något fel bleknade bort och till slut tänkte han inte mer på det. Det var nästan så att världen runt honom också hade börjat blekna.

Ostadigt fortsatte han in mot staden och tänkte att han behövde något att äta. Det var ganska sent, men nog borde det finnas någon snabbmat att få tag på. Kanske en kebab. Det vore inte dumt. Varför hade inte Johan bjudit på någon mat på festen? Så dåligt planerat, vilken usel gästfrihet. Det ska han få höra på måndag, tänkte Karl förvirrat.

Vad var det som hade hänt med barnen i busken, undrade han plötsligt. Minnet var lite otydligt. Varför hade barnen legat i busken? Vad hade de kikat på där? Låg de dolda och åts upp av myror kanske. Hade han rent av räddat dem när han råkade pinka på dem. Som en stor pissmyra hade han stått där. Fast hade han verkligen pinkat på dem, eller var det bara Håkan han hade träffat?

Han stannade upp ett ögonblick och funderade på om han skulle gå tillbaka och fråga vad som hade hänt med barnen och Johan. Men sen kände han sig hungrig igen och fortsatte ner mot affärsgatorna där han räknade med att hitta något nattöppet matställe.

Medan han gick smorde han in sig med mer aloe-kräm och kladdade i processen ner sina kläder utan att märka det.

Med tuben i fickan satte han sig på en parkbänk och vilade. Slagsmålet och springandet, myrbetten och spriten, allt hade utmattat honom fullständigt. Han hade nu lugnat ner sig så pass att han helst av allt bara ville lägga sig och sova.

Om det ändå bara kunde bli måndag. Då skulle allt vara som vanligt igen. Gabriella och Jessica skulle vara hemma och han skulle vara tillbaka på jobbet. Allt skulle vara bra igen.

Han var hungrig och fantiserade om att han var ute i stugan med familjen och stod vid en rykande grill och kände doften av fräsande kött på gallret ovanför den glödande kolbädden.

Då fick han plötsligt ett knytnävsslag rakt i ansiktet.

Han föll av bänken och två unga killar i mörka huvtröjor och säckiga byxor kastade sig på honom och slet i hans fickor. Han började sprattla för att komma loss och då sparkade den ene honom i magen ett par gånger. Smärtan blossade hårt och intensivt upp i mellangärdet och han kröp ihop i fosterställning.

Samtidigt drog magsäcken ihop sig och han kräktes en sprutande spya över asfalten. Ett par sekunder tänkte han Jackson Pollock och sen blev allt suddigt av tårar.

Lika fort som de kommit var killarna försvunna med hans plånbok.

Kvar låg Karl och drog stötvis efter andan medan han spottade spya och blod.

"Lämna plånboken", mumlade han och gned sig om munnen med handen. Vilket fick till följd att han smetade ut blod över läpparna och hakan. "Ta pengarna, men lämna plånboken..."

När han samlat sig tillräckligt för att resa sig insåg han att han inte skulle kunna åka hem utan pengar till taxi eller nattbuss. Han skulle inte heller få någon mat, trots att han var så hungrig.

Han var helt ensam och hade ont i hela kroppen.

Han satte sig på parkbänken igen.

Han satte sig och grät.

22

Förtvivlad stod Karl kvar i gränslandet på grusplanen utanför huset utan att veta vad han skulle göra. Ett tag funderade han på att ge upp. Oavsett vilken sorts förlösning han hoppades på när han kom hit, så skulle den aldrig inträffa kände han. Hur skulle något kunna lösa sig här? Inget kunde någonsin lösa sig här.

Även om han inte längre kunde se det som sprungit efter honom i skogen så visste han att det fanns där. Han skulle aldrig kunna gå in i skogen igen. När det en gång hade väckts skulle det aldrig försvinna, det var något han visste djupt inom sig. Han visste också att han aldrig skulle kunna fly undan det som fanns därinne i huset. Han kunde inte fly överhuvudtaget längre.

Karl kom av sig i sina funderingar när han hörde motorljud långt borta i skogen. Det lät som om ett par mopeder närmade sig längs bilvägen. För tillfället försvann farorna runt honom, han glömde bort skepnaden i skogen och skuggan i huset. De gled liksom ur hans medvetande nu när verkligheten trängde sig på.

Fastän de fanns kvar där i mörkret, så kändes faran och hotet från verkliga människor ännu farligare. Han ville inte bli upptäckt, han ville vara i fred och slutföra det han höll på med. Trots att han befunnit sig i fara blev han irriterad över att bli avbruten.

En bit bort bland träden skymtade han mopedernas framlyktor.

Ett ögonblick övervägde han att springa in i huset och barrikadera sig på vinden igen. Men han visste inte var den svarta skepnaden befann sig. Den kunde lika gärna vara däruppe nu. Och att springa upp för att låsa dörren skulle han aldrig hinna. Hade det inte varit så skumt ute hade han redan varit upptäckt av mopedisterna. Nu var det en fråga om sekunder kvar.

Han sprang mot det lilla redskapsskjulet som fanns på husets vänstra sida. Där drog han igen den rangliga trä-dörren efter sig och hukade i mörkret medan två mopeder vårdslöst sladdade in framför huset. De spru-tade grus runt sig och stannade sedan upp.

Motorerna stängdes av och han hörde två unga killar ropa till varandra. Han hörde dock inte riktigt vad de sa förrän de tog av sig hjälmarna och lämnade dem vid mopederna medan de såg sig omkring.

Karl kikade ut genom en glipa vid dörren och såg dem närma sig ingången till huset. För honom såg de exakt ut som de två killarna med huvtröjor som slagit ner och rånat honom tio år tidigare. Han knöt nävarna omedve-tet och hårt. Han önskade för ett ögonblick att han hade haft ett vapen. Sedan besinnade han sig, det var gamla tankar. Han ville inte tänka så. Han var inte sådan längre. Dessutom förstod han, nästan motvilligt, att det knap-past kunde vara samma personer. Ändå hade han en mörk, nästan vibrerande, känsla av att han ville straffa dem för vad de andra hade gjort. Att de stulit hans pengar spelade inte så stor roll, det var själva över-greppet han ville hämnas. Rättvisa borde skipas.

Den ena av killarna gick in i trapphuset medan den andra hämtade en liten väska från sin moped. Det tyd-liga rasslet från stålkulor i plåtburkar skvallrade om väskans innehåll.

Han hörde dem slamra och väsnas i trapphuset. De ropade till varandra och verkade hålla sig på första våningen.

Förhoppningsvis skulle de inte stanna särskilt länge. En sprayburk tar väl slut ganska fort antog Karl och sjönk ihop på golvet i boden. Det var bara att vänta och låta dem ge sig av. Sedan kunde han ta itu med vad han själv skulle göra.

När han försökte tänka ut vad han faktiskt skulle ta sig till när allt det här var över kom han inte på något. Inte en enda tanke på vart han skulle ta vägen dök upp. Han insåg att han inte hade planerat, tänkt, önskat hur saker och ting skulle te sig bortom den här vistelsen i huset.

Det var som om det inte fanns någon tid att se fram mot.

Men det kunde ändå inte stämma, tänkte han, det finns väl gott om tid.

I samma ögonblick slog husets ytterdörr igen med en skarp smäll.

Karl satte ögat mot springan igen och försökte se vad som hänt. Dörren var stängd och det var nu tyst i huset. Inga rop och inga skratt.

Något höll på att hända, det kunde han känna på sig. Det var som om en närvaro hade manifesterats i huset. Det fanns något därinne med de unga männen.

En tung svart massa vältrade sig över till vår verklighet och Karl kände den röra sig genom huset. Han kände lukten av klottrarna när de upptäckte att ett svart mörker i människoform närmade sig. Han blundade hårt och det var nästan så att han såg de två killarna framför sig som i ett jordigt töcken. Det var som om han stod intill dem och kände blodet rusa runt i en svart, diffus kropp.

Först försökte de spela kaxiga och tuffa inför varandra, men sedan insåg de att de båda var lika rädda för det som fanns i mörkret. Det var lönlöst att låtsas om något annat. Inte heller kunde de fly, då mörkret kom mot dem utifrån från trapphuset.

Rummet de stod i var ganska stort och på varsin vägg hade de påbörjat ett par stora graffiti-målningar. De hade vita andningsmasker och armbågslånga handskar. De var kanske inte här enbart för att vandalisera.

Trots att han satt ute i boden kände Karl det som om han var med inne i huset. Han visste att skepnaden i sitt mörker närmade sig killarna och att de inte riktigt förstod vad de såg. De slängde burkarna och försökte skräckslagna hitta en utväg ur situationen.

En känsla av déjà vu kröp över Karl. Killarna stod på samma ställe som han stått tio år tidigare. Det var samma rum som onämnbara saker hade skett. Det var där sammanbrottet hade nått sin kulmen. Det var där han slutligen hade förlorat greppet om verkligheten för så länge sedan. Han hade känt världen glida ur hans fingrar och han hade ännu inte återfått greppet.

Han föll fortfarande.

Ute i skjulet kände han hjärtat bulta hårt när den mörka varelsen närmade sig sina offer, liksom han en gång hade närmat sig sina.

Kanske kunde han förhindra det den här gången.

Kanske kunde han stoppa det.

Utan att ha en aning om hur bestämde han sig för att försöka avbryta det som var på väg att ske. Han drog efter andan och sprang ut ur skjulet. Ytterdörren var tydligen barrikaderad inifrån eftersom den inte gick rubba. Då bankade han hårt på dörren och skrek:

"Klättra ut genom fönstret, det finns en brandstege därute!"

Han sprang runt huset och ropade igen:

"Ni måste ta er ut!"

När han kom fram till baksidan tittade han upp mot brandstegen som slutade för högt för att han skulle kunna nå den och ta sig upp. Han backade ut lite och försökte se genom det smutsiga fönstret till rummet där de båda killarna var inträngda av det hotfulla mörkret.

Först kunde han inte se något. Sedan hördes ett gällt skrik och ljudet av krossat glas. Ett blodigt ansikte hade tryckts ut genom rutan och skurits upp av skärvorna.

Fler rörelser i mörkret och fler skrik följde. Ansiktet försvann medan andningsmasken hängde kvar blodig i de vassa skärvorna.

Karl sprang fram och försökte desperat hoppa upp till brandstegen, men lyckades naturligtvis inte. Han tog sats och försökte igen utan att ens komma nära.

Han såg sig omkring efter något att klättra på men det fanns inget, han skulle aldrig ta sig upp och in i huset den vägen. Istället fortsatte han runt och funderade om det skulle gå att klättra längs stuprören. De såg dock för rostiga och bräckliga ut för att klara hans tyngd.

Desperat insåg han att det inte fanns någon väg in.

Det som hade skyddat honom när han var på insidan höll honom nu istället ute. Precis som hans liv i övrigt. Han hade halkat ur samhället och kunde nu inte längre ta sig in. Till slut hade han sprungit ett varv runt huset och tittade upp mot fönstret igen. Över rutorna rann en mörk sörja som Karl förstod måste vara blod.

Inne i huset hörde han någon skrika i total panik medan upprepade dunkanden hördes. Sedan upphörde skriket tvärt och ett svagt plaskande ljud hördes genom rutan.

Det var tyst en stund och sedan hördes kladdiga, släpande ljud därinne. Detta pågick några minuter innan det åter var helt tyst. Då kunde Karl ana det svaga prasslandet han hade hört från varelsen då den försökte ta sig in genom takluckan kvällen innan.

Medan han stod och tittade upp mot fönstret såg han hur en skepnad sakta tycktes kondenseras där i mörkret innanför rutan. Den hade tydligare människoform nu än förra gången han såg den. Den var mindre svävande mörker och mer påtaglig kropp. Dess stirrande ögon var fixerade genom hålet i rutan rakt på honom.

Genom den kladdiga rutan anade han gengångarens kvinnliga konturer.

Han började äntligen förstå det han försökt förtränga så länge.

Han visste varför den var här och vad den var.

Han visste vem det var.

23

Efter att ha suttit en halvtimme på parkbänken lyckades Karl pussla ihop sig själv så pass att han insåg att han var tvungen att försöka ta sig hem. Lördagskvällen hade övergått till söndag morgon och han var i desperat behov av mat och sömn.

Nånstans under natten hade han tappat plåstret från tummen och såret hade gått upp igen. Den spräckta läppen hade visserligen slutat blöda, men hade istället börjat svälla upp och bli missfärgad.

Han hade ont i hela kroppen och var fortfarande berusad så han skulle aldrig orka gå hela vägen hem.

Som tur var fick han efter en stund syn på en ensam taxi som han lyckades vinka in till vägkanten.

"Hej, är du ledig", frågade Karl genom den nervevade rutan.

"Japp. Vart ska du?"

"Hem. Jag har blivit rånad, så jag har inga pengar på mig. Men jag har hemma, jag kan springa in och hämta när vi är framme. Funkar det?"

"Jadå. Hoppa in."

"Tack. Det har varit en svår kväll."

"Jag ser det. Vill du ringa och göra polisanmälan direkt?"

Karl tänkte efter och kände sedan, baserat på sina vaga minnen av den tidigare kvällen, att han inte hade någon lust att blanda in polisen.

"Nä, det gör jag när jag kommer hem. Tack i alla fall."

"Händer visst mycket ikväll. Det är en massa blåljus

norr om stan, nån bussolycka hörde jag."

"Jaså", sa Karl ointresserat.

"Hur såg han ut då?"

"Vem då?"

"Han som rånade dig."

"Det var ungar bara, två killar i mörka kläder. Dom hade huvtröjor."

"Så ser dom ut allihop. Hann du inte se nåt mer?"

"Näe. Dom kom så fort. Jag är lite berusad, det är lite diffust."

"Var det nyss?"

"Nä, en timme sen kanske. Jag vet inte."

Taxichauffören anropade växeln och berättade vad som hänt och några andra bilar svarade att de skulle hålla utkik.

Karl kände sig mest besvärad. Han ville bara hem och sova.

Längs vägen såg de med bara någon minuts mellanrum två ambulanser med tända blåljus på väg åt motsatt håll i hög fart.

"Det är visst ett väldans pådrag", konstaterade chauffören nyfiket.

När de kom fram hittade Karl först inte nycklarna utan trodde att han tappat dem också. Sedan kände han dem i en annan ficka än den han brukade ha dem i.

Han hämtade pengar uppe i lägenheten och gick ner för att betala.

"Du förresten", sa Karl till chauffören. "Vad heter du?"

"Lars."

"Okej, Lars. Tack för att du körde mig. Jag kommer

behöva en taxi i morgon också. Jag skulle vilja åka med dig igen. Har du nåt nummer där jag kan nå dig? Jobbar du i morgon?"

"Ring växeln och fråga efter mig bara", svarade Lars och sa telefonnumret. "Jag jobbar eftermiddag i morgon. Ska jag skriva upp numret åt dig?"

"Nejdå, jag är bra på siffror."

"Är du säker?"

"Jag är alltid säker på siffror", svarade Karl och upprepade telefonnumret.

Taxin försvann längs gatan och Karl gick in igen. Han slängde en frusen pizzabit i mikron, Gabriellas kosthållning kan dra åt helvete, och väntade några långa minuter innan han äntligen fick sätta tänderna i den.

När han ätit den gick han in på toaletten för att skölja av sitt kladdiga ansikte. Han såg bedrövlig ut och han försökte undvika att se sig i spegeln. Först när han var klar och hade torkat sig med en handduk tittade han upp och såg sig själv stirra ut ur spegeln med en strålglans runt huvudet, som en gloria, eller som om han hade haft en lampa precis bakom huvudet.

Han vände sig om men där fanns ingen ljuskälla som kunde förklara fenomenet. I spegeln hade han fortfarande ett gyllene sken runt sig och han bestämde sig för att det bara var inbillning, att han var trött och inte riktigt kunde lita på vad han såg.

Han gick ut i köket och hittade där en av de spritflaskor han inte tagit med sig när han åkte tidigare på kvällen. Utan att tänka sig för öppnade han den och tog fram ett whiskyglas ur ett skåp.

Det fanns ingen anledning att dricka mer, men ändå kunde han inte hejda sig utan förde glaset till munnen. Han var så bedövad i tungan att han knappt kände den starka smaken när han svalde. Han hade ont överallt. Han ville bara ha lindring och trodde att om han bara tog en sängfösare skulle han somna fort och vakna på bättre humör. Då spelade det ingen roll om det brände i såret på läppen nu.

Medan han stod där och drack var det som om ett svagt sken omgav honom. Ett svagt guldgult fosforescerande sken.

24

Karl var plötsligt tillbaka vid huset den allra första gången han såg det. Innan allt annat hände. Han var osäker på om han drömde, om minnet plötsligt kom tillbaka eller om han faktiskt befann sig där. På något sätt kände han att han hade varit där tidigare, och han visste att han skulle komma tillbaka igen. Han förstod inte själv var denna märklig känsla kom från, men snart tonade den bort och han gled med i handlingen som utspelade sig runt honom utan att bekymra sig över det.

Det började skymma och solen spred ett guldgult sken över husets smutsiga fasad. Ljusstrålarna nästan glittrade och sprakade när de illuminerade husets ännu okrossade fönster.

Karl kände en dragning till byggnaden. Han fattade tycke för den i samma ögonblick som han klev ur bilen. Han mindes att han hade blivit lika förundrad över detta en gång förut, ändå var han nu här för första gången. Kanske var det minnet av det första lyckliga mötet med Gabriella han blandade ihop med upplevelsen av att hitta huset.

Han var där för att få nycklarna av den tidigare fastighetsägaren. Först blev han lite förvirrad när en leende äldre man med kort grått skägg, klädd i en sliten svart kostym och en stor hatt, kom fram mot honom. Karl var rätt säker på att han hade tagit över huset från ett riskkapitalbolag som paradoxalt nog ville minska sina risker. Där hade alla varit lika prydliga män som honom själv. I dyra kostymer och slipsar hade de skakat hand.

Ändå såg mannen som nu stod framför honom på gårdsplanen, hur mycket guld solen än sköljde över honom, ut som om han en dag bara gått ut från sitt kontor, slängt slipsen och sedan levt som luffare i flera år.

Mannen tog av sig hatten, de log mot varann och skakade hand utan att säga ett ord. Ett tag fick Karl för sig att det var hans far som stod där med honom, men det kunde inte stämma, de var ju inte ett dugg lika. Ändå kändes mannen väldigt bekant.

Någonstans hade de träffats förut.

”Har du nycklarna med dig”, frågade Karl till slut för att bryta tystnaden då mannen framför honom bara stod och log. Hans röst kom dock ut alldeles för svagt och han svalde och harklade sig ett par gånger innan han försökte igen. ”Hej, det är jag som är Karl Reimann. Har du nycklarna med dig?”

Mannen fortsatte le och såg honom djupt i ögonen.

"Jag har haft hand om stället, det är klart jag har nycklarna. Vem skulle annars ha dem? Den som har nycklarna har ansvar för huset, det borde väl du veta, mäklar'n?"

Sakta fiskade mannen fram en nyckelknippa ur fickan och skramlade med nycklarna i Karls handflata tills han slöt handen runt knippan.

"Tack", sa Karl och mannen skrattade till.

"Jo, varsågod", sa han och fann tydligen situationen lustig på något sätt.

"Då får vi se vad vi kan åstadkomma med stället då", kallpratade Karl.

Mannen såg roat på honom och klappade honom sedan på axeln.

"Såja, allt kommer falla på plats tids nog", sa han och tog ett steg tillbaka för att betrakta den solgula fasaden.

"Kommer du sakna huset", frågade Karl.

"Nej då. Jag hade tänkt odla sporer från Zirzamin. Men det fattas något därnere. Det är fel jordmån. Det behövs en trädgårdsmästare. Jag hoppas du lyckas bättre med näringen", sa mannen och började hosta.

"Tack. Jaha, då är vi väl nöjda båda två."

"Det verkar visst så", sa mannen och vände sig bort eftersom hostan inte ville ge sig. Han höll armen för ansiktet och hostade alltmer kraftigt. "Adjö då", lyckades han få fram med en kort blick på Karl.

"Ja, hejdå", svarade Karl bekymrad över mannens uppträdande.

Då upphörde hostningarna och mannen harklade sig ljudligt innan han spottade långa strängar av blodigt slem på marken. Karl vände sig bort och låtsades inte om vad han sett. Han ville inte bli inblandad.

Svalorna dök lågt över grusplanen intill dem och medan Karl oroligt gick fram till ytterdörren för att låsa upp stod mannen hopsjunket kvar med ryggen mot honom.

"Det verkar som det blir regn", sa Karl och försökte låsa upp dörren. "Svalorna flyger så lågt, då är det alltid dåligt väder på väg."

När han varken fick svar från mannen eller hittade någon nyckel som verkade passa vände han sig om för be mannen om hjälp.

Då insåg han att mannen låg på rygg på marken och krampade. Ryckte med spasmiska rörelser som en stor döende insekt.

Karl stirrade på honom utan att röra en min.

"Nej, sluta", sa Karl ängsligt.

"Hjälp...", viskade mannen otydligt och såg på honom ett ögonblick innan ögonen vitnade. "Hjälp mig..."

"Men jag kunde inte hjälpa dig", sa Karl lågt, nästan för sig själv. "Jag kunde inte hjälpa dig. Jag blev rädd, helt förlamad, jag visste inte vad jag skulle göra. Efter det där viskade alla på kontoret bakom min rygg. De sa att jag hade kunnat rädda dig om jag bara hade försökt. Men det kunde jag inte. Tänk om jag hade gjort fel? Ingen får se att jag inte kan. Det är min största fruktan – att jag är värdelös. Att jag inte betyder nåt."

Mannen rosslade en sista gång och blev sedan liggande till synes död på marken. Svarta steklar med stora vingar började svärma runt hans ansikte.

"Nej, det var inte så här det gick till. Sluta nu. Jag blev

bara lite rädd. Det var inte så här! Snälla pappa, kliv upp nu! Det var för sent, jag kunde inte hjälpa dig!"

Karl såg sig omkring och fingrade i byxfickan efter sin mobil. Han kände att han borde ringa någon och tala om att mannen dött, att någon borde skicka en ambulans att hämta honom.

Han ville inte vara ansvarig för kroppen längre, han ville vara utan skuld.

Svalorna dök förbi igen och Karl förstod att han inte hade med sig någon telefon. Nu skulle han inte kunna ringa och förklara att det inte var hans fel.

Kroppen var ändå plötsligt försvunnen på något sätt. Istället stod där en liten decimeterhög statyett i slipad svart sten. Den var stilistiskt snidad i någon sorts afrikansk stil och föreställde en människa ur vilken det växte en stor svamp.

Karl såg sig omkring för att försöka förstå hur mannen hade kunnat försvinna så snabbt. Längre bort, på andra sidan grusplanen, tyckte han att det stod någon. Det var som en mörk skugga bland buskarna, men den låga solen bländade honom så att det var svårt att avgöra, det kunde lika gärna ha varit ett litet träd.

"Hallå", ropade han och vinkade mot det han tyckte var silhuetten av en människa. Han kisade och skuggade ögonen med handen, men såg ändå ingen som rörde sig. Ingen svarade på hans rop.

Istället ökade ljusets intensitet och han undrade om det verkligen var solen han såg. Det var snarare som ett stort strålande väsen, en gigantisk demon av plasma, som stirrade på honom. Han fick en känsla av att vara observerad av något gigantiskt, en orm, en drake, ett urtidsvidunder, som hypnotiserade honom.

När han blundade såg han en cirkel av eld med tolv mindre prickar av ljus i. Mitt i detta fanns en märklig symbol som inte liknade något han sett tidigare. Han förstod att den var viktig och det var som om den brände sig fast i hans hjärna och öppnade en passage. Det fyllde honom med en så underlig känsla att han slog upp ögonen igen.

På något sätt kände han ljuset, som strålade in genom hans pupiller, krypa runt inne i ögongloberna och via synnerven ta sig in i hjärnan och kräla ner runt ryggraden. Det var som om ljuset ormade sig in och rullade ihop sig till nystan djupt inne i bröstkorgen och sen lade sig till ro därinne. Han fick en överväldigande längtan efter att springa rakt mot ljuset och lyftas upp av det. Han längtade efter att bara sväva uppåt och omfamnas av gyllene trygghet.

Ljuset skulle bo i honom nu och bara komma fram ibland.

Han ville visa hur vackert det var för Gabriella, men hon fanns ingenstans, hon var långt borta.

Hon skulle ha älskat det vackra ljuset han bar inom sig om hon bara hade varit där för att se det.

Men Karl var ensam som vanligt.

Tredje delen

25

Hade hon vinkat åt honom?

Visst fan hade hon vinkat. Den svarta gengångaren, den mörka kvinnan, skuggan innanför fönstret hade vinkat åt honom.

Hon hade vinkat och sen försvunnit in i mörkret igen.

Det började redan ljusna ute vid ödehuset. Karl skulle tydligen inte få någon natt att vila ut under. Det var som om det blev dag direkt efter skymningen och han tvivlade på att han någonsin skulle få sova igen.

Vad hade hon menat med vinkningen, undrade han. Vad hade hon försökt säga med det?

Han hade suttit utanför huset och stirrat mot fönstret i ett par timmar men inte sett någon eller något röra sig därinne. Inte ett ljud hade hörts. Så han reste sig upp och försökte borsta av sina lortiga kläder. På byxbenen hade han halvt stelnade kladdiga fläckar av något oidentifierbart som han måste ha fått på sig när han sprang bland träden kvällen innan. Händerna och armarna var också missfärgade av samma brunröda sörja. Han måste ha tagit i något utan att märka det.

På framsidan stod de två mopederna kvar. I dagsljus såg allt helt naturligt ut och det var som om han befann sig i en helt annan värld än för ett par timmar sen.

Ytterdörren gled upp när han kände på den. Han var välkommen in igen.

"Hallå", ropade Karl trots att han visste att han inte skulle få nåt svar. Ändå ropade han, liksom för sakens skull.

Det var så tyst i huset att han hörde sin mage mullra. Han lade för tvärslån för dörren och noga med att inte titta in genom dörren till det stora rummet på första våningen tog han sig uppför trapporna. Där såg han att inte bara han själv utan även trappstegen var smutsiga och täckta av de torra, jordiga spåren efter den svarta kvinnoskepnaden.

Snabbt tvättade han av sig smutsen och kladdet i det gamla köket där han ställt vattenhinkarna.

När han var färdig med det låste han vindsdörren bakom sig och tog fram lite bröd och ost på tub. Detta sköljde han ner med vatten ur sin flaska.

Sedan letade han fram en rakapparat ur sin packning. Han testade att det fanns batteri kvar genom att starta den under några sekunder. Apparaten surrade som den skulle. Därefter återvände han ner till gården.

Han gick, återigen utan att titta inåt rummet på första våningen, nedför trappan och fortsatte fram till mopederna. Där gränslade han en av dem och med hjälp av backspegeln och rakapparatens trimmer började han raka av sig skägget. Det var något han sällan gjorde, det kunde gå månader mellan rakningarna. Men nu kände han av någon anledning att det var dags.

Skäggtussarna gled sakta till marken i den svaga vinden och Karl blev flera år yngre när skägget övergick till stubb. Gabriella hade alltid sett till att han var renrakad. Hon tyckte att han stacks för mycket när de pussades annars.

Han fällde in trimmern och övervägde att även raka bort stubben, men bestämde sedan att det var bättre att spara på batteriet.

När han stängde av den surrande apparaten hörde han en koltrast i ett träd vid vägen som ledde ut genom skogen. Det var som den försökte säga åt honom att han borde starta mopeden, ta på sig hjälmen och åka därifrån innan han hade tittat in i rummet på första våningen.

Fågeln kvittrade intensivt några minuter innan den tystnade och gav sig av. Då gick Karl upp på vinden igen, packade ner rakapparaten, drack lite mer vatten och låste vindsdörren. Han stängde ytterdörren och pillade dit lite gräs och mossa så det inte skulle synas att den nyss hade öppnats.

Han rullade in den ena mopeden i redskapsboden och satte sig sedan på den andra. Nyckeln satt kvar i och han vred igång den. Han hade inte kört moped på trettio år, men räknade med att komma ihåg hur man gjorde ändå.

Det fanns några saker han var tvungen att utföra och det var lika bra att passa på nu när tillfälle erbjöds. Därför gav han sig av på den slingrande grusvägen i ett dammoln.

Han kastade en blick tillbaka mot huset. Allt såg helt normalt ut. Det syntes inget som tydde på att något ovanligt skulle ha hänt därinne. Om ingen visste att ungdomarna hade åkt hit skulle ingen komma på tanken att leta här, tänkte han.

Sedan mindes han det fruktansvärda han sett genom fönstret under natten.

Det var något han skulle behöva ta hand om när han kom tillbaka. Men det försökte han undvika att fundera på nu.

Istället tänkte han återigen på den mörka kvinnan bakom de lortiga fönstren.

Visst fan hade hon vinkat.

26

Skogen bestod mestadels av tall och gran uppblandat med enstaka lövträd, mest björk och asp. Den slingrande skogsvägens mittsträng växte frodigt och Karl körde i det högra spåret. Som tur var hade han tagit på sig hjälmen, som bara var en aning för liten, annars hade han inte kunnat köra så pass fort genom alla grenar som stack ut i vägen och slog mot visiret.

Efter tjugo minuter på mopeden kom han fram till ett mindre samhälle. Där gick han in på macken och handlade en liter mjölk, ett litet paket ägg, ett paket bacon, några bananer, en påse tekakor och ett litet paket rökt skinka. Det var allt han hade råd med. Han bad sedan kassörskan att få mynt tillbaka i växel när han betalade.

När han var färdig tog han med sig kassen och gick till en liten telefonkiosk som stod på parkeringsplatsen utanför macken. Det var en gammaldags mynttelefon som hade fått stå kvar, som någon sorts fornminne, och det var Karl tacksam för. Han hade inte haft någon mobiltelefon sedan han försvann under radarn för alla dessa år sedan.

Sakta stannade han upp en bit från hytten och knäpade lite nervöst med näsan. Han såg sig omkring och började nu inse att det var dags. Han hade lovat att ringa för tio år sedan och planerat samtalet ända sedan dess. Ändå visste han inte vad han skulle säga. Hans försök att skriva ner något i förväg hade alltid misslyckats. Nu försökte han i sista stund dra ut på det så mycket han kunde. Även om det nu bara handlade om sekunder.

Det såg nästan ut som om han var rädd. Han stirrade på telefonen som hängde där och såg ut att frukta den mer än den mörka varelsen i huset.

Att ta hand om det som fanns i rummet på första våningen borta i huset skulle bli en bagatell efter det här.

Trots att han vetat om det så länge hade han skjutit upp tanken på det ända tills nu. Och det var nu det skulle ske. Nu eller aldrig.

Han klev in i telefonhytten och stängde dörren. Matkassen ställde han på golvet och började leta fram mynten ur fickan.

En stor och fet spyfluga vaknade till liv av hans oväntade besök och började ilsket surra fram och tillbaka mellan de av vägdamm ganska grå rutorna. Den störde hans koncentration och efter att ha slagit efter den ett par gånger höll han upp dörren och hoppades att den skulle flyga ut. Istället satte den sig i taket och började putsa vingarna. Då försökte han peta på den, men nådde inte riktigt, så flugan satt kvar och pysslade med sitt. Han viftade med ena handen och svor åt den i någon minut innan den slutligen behagade ge sig av med ett tungt surrande.

När han återigen kunde koncentrera sig på telefonen

tog han fram sina mynt och lade dem som förberedelse ovanpå den väggmonterade telefonen innan han tog ett djupt andetag.

Sedan stoppade han i ett mynt, slog ett nummer och blundade som om han hade fått huvudvärk.

Först var det tyst ett par sekunder, sedan sprakade det till och en felton hördes.

Karl tittade på luren som om han inte trodde det var sant. Sedan lade han på och myntet rasslade ut i returluckan. Han placerade det med de andra innan han stoppade i ett annat mynt i förhoppningen om att det skulle funka bättre innan han slog numret igen.

Återigen kom feltonen, numret var inte längre i bruk.

Han tog ur myntet igen och såg bekymrad ut.

All denna oro inför detta samtal, och så mynnade det ut i detta antiklimax. Det var ett mycket viktigt samtal han hade tänkt ringa. Det var en del av detta sista försök att slutföra och reda ut allting som gått snett.

Om han inte ringde det här samtalet skulle han vara tvungen att göra saker annorlunda. Hela hans upplägg förändrades. Hans oro hade gått över i irritation över att hans planer nu plötsligt rubbades.

Han funderade några sekunder och stoppade sedan i ett mynt och slog ett nytt nummer. Den här gången fick han svar.

"Välkommen till nummerupplysningen."

"Hej", sa Karl försiktigt.

"Hej, vem eller vilket nummer söker ni?"

"Ja, alltså... Det är min... dotter. Hennes nummer fungerar inte. Det blir bara en sån där felton."

"Hur var numret?"

Karl sa numret.

"Hm, det har varit avstängt ganska länge ser det ut som."

"Är det Jessica Ljungström som stod på det förut?"

"Ja, det stämmer."

"Har hon nåt annat nummer?"

"Vi ska se... Ingen Jessica Ljungström på den adressen."

"Prova söderut, hon har nog flyttat."

"Det finns faktiskt en Jessica Ljungström i samma stad men på en annan adress."

"Kan det vara hon tror du?"

"Jag har tyvärr ingen aning."

"Kan du se hur gammal hon är? Personnumret?"

"Nej, det får jag inte lämna ut."

"Men det är min dotter jag försöker få tag på. Jag har inte pratat med henne på flera år. Nu är hon försvunnen."

"Ja, det var tråkigt, men jag kan tyvärr inte hjälpa dig mer än så här. Vill du ha numret till denna Jessica Ljungström, eller ska jag koppla dig vidare?"

"Koppla mig vidare, tack."

Karl matade i fler mynt i telefonen och såg högen krympa oroväckande snabbt.

Han svalde och förberedde sig på att det kanske skulle vara hans Jessica som svarade trots allt.

Några signaler gick fram och någon Karl tyckte lät som en medelålders kvinna svarade:

"Ja, det är Jessica."

"Eh, hej", sa Karl besviket.

"Hej."

"Jag letar efter en Jessica, men jag vet inte om det är du."

"Jaha, det beror ju på vilken Jessica du letar efter. Vem är du då?"

"Jag heter Karl Reimann..."

Rösten vek sig för honom och han visste inte vad han skulle säga. Kvinnan var uppenbarligen fel Jessica – hon verkade alldeles för gammal och så hade hon fel dialekt.

"Jaha", svarade kvinnan. "Känner jag dig?"

"Nej, tyvärr, jag tror inte det. Förlåt, jag har dröjt så länge med att ringa henne. Jag lovade och sen förlorade jag henne. Det är min styvdotter jag försöker få tag på. Jag vill berätta vad som hände, varför jag aldrig hörde av mig. Det känns viktigt att hon får veta. Jag vill förklara. Men nu är det nog för sent. Jag kommer aldrig få prata med henne igen. Det här är fel. Jag måste ha fått fel nummer. Förlåt att jag störde."

"Ingen fara. Lycka till med att hitta henne."

"Tack. Hej."

Karl lade på luren och stirrade besviket ner på golvet. Påsen med matvarorna hade fallit omkull och bananerna hade trillat ut på golvet. Ett par små svartmyror var i färd med att klättra upp på dem.

"Myrjävlar", utropade han och skakade av dem på golvet innan han trampade ihjäl dem. Sedan stoppade han tillbaka varorna i påsen och var just på väg ut ur telefonhytten när han kom ihåg de mynt som blivit kvar på telefonen.

Utan att riktigt kunna förklara varför stoppade han i

ett nytt mynt och slog de siffror han memorerat från lappen han hittat instucken i dörren till huset dagen innan.

Några signaler gick fram och han kände sig märkligt förvånad. Han undrade varför han ringde och vad han skulle säga. Kanske hade han varit så inställd på att ringa sin styvdotter att han nu var tvungen att prata med vem som helst bara för att få utlopp för allt han byggt upp inom sig.

"Ja, hallå", svarade en ung kvinna till slut.

"Hej", sa Karl och gjorde sitt bästa för att hitta tillbaka till sin gamla charmiga mäklarröst. "Jag söker Sofia Zetterling."

"Ja, det är jag."

"Okej, jag heter Johan", ljög Karl. "Johan Olsson. Jag har fått en lapp med ditt nummer. Det var ute vid huset på Lundsvägen 216. Jag var ute där idag och såg den..."

"Nämen, gud vad tur! Jag var där igår, jag trodde nog inte nån skulle hitta den faktiskt. Jag håller på med ett fotoprojekt, övergivna byggnader och sånt, så jag undrar om jag skulle kunna få komma in i huset och fota lite."

"Ja, det går väl bra, men det är mest bara förfallet och trasigt därinne."

"Det är precis vad jag är ute efter."

"När vill du komma då?"

"Så fort som möjligt. Du ska inte dit nåt mer idag?"

Karl körde med panik i kroppen tillbaka till huset på sin lånade moped. Det var redan eftermiddag och han hade lovat Sofia att han skulle släppa in henne i huset efter klockan sex samma kväll.

Utan att han visste varför hade han sagt att han faktiskt skulle tillbaka till huset och att hon var välkommen att komma dit och fota om hon ville.

Hur hade han kunnat säga det när han visste vad som fanns där? När han visste vad som hänt natten innan på första våningen. Hur skulle han hinna få rent där innan hon dök upp?

Han hade ingen aning, det var bara att försöka.

27

Efter att ha gömt mopeden i redskapsskjulet och burit upp matvarorna till sin boplats på vinden samlade Karl sig några ögonblick innan han fyllde hinkarna med vatten och ställde utanför dörren till rummet han visste hade förvandlas till ett slakthus kvällen innan.

Flugor surrade redan runt i rummet och en sur stank mötte honom när han klev över tröskeln. Allteftersom ögonen vande sig vid det svagare ljuset framträdde omfattningen av det som hade skett.

Snabbt konstaterade han att det inte fanns några kroppar att ta hand om. De hade trasats sönder och av alla ben fanns bara flisor kvar. Det var som sågspån i en snickarverkstad, fast rött och kladdigt. Något hade tuggat sig igenom dem och sedan spottat ut dem.

Överallt blod, benflisor och slamsor. Samt torkade och redan flagnande fläckar av den svarta sörjan som gengångaren lämnade efter sig.

Det fanns hjärnsubstans som hängde och torkade i

taket medan tarmar ringlade runt, nästan flätade, i en stor cirkel på golvet. Mitt i cirkeln låg tolv små kladdiga ovala klumpar placerade i ett mönster. Det var de unga männens ögon, njurar och testiklar.

Det högg till i Karls hjärta och han ville bara fly. Han ville inte se. Ändå kunde han inte låta bli att titta. Det var något bekant med de prydligt arrangerade organen. Bekant, men ändå nytt.

Efter att ha vant sig vid synen en stund förstod han att han var tvungen att sätta igång. Skulle den där Sofia komma om ett par timmar var han tvungen att städa bort de slamsiga resterna av de båda ungdomarna.

Istället för att släpa ut de döda kropparna, som han förberett sig på att göra, fick han hämta en spade som han sedan använde för att skrapa ihop och skyffla upp köttbitarna från golvet. Sörjan samlade han sedan i fler hinkar som han hämtade upp ur källaren.

Paniken började krypa över honom, inte på grund av det makabra skottandet av människokött, utan de närgångna flugorna. De surrade runt honom medan han jobbade. De ville ta sig in i öronen och munnen av någon anledning, och han fick fnysa ut flera stycken som letade sig in i näsan.

Han försökte förgäves öppna det fastrostade fönstret. Så till slut blev det för mycket. Han sprang ut på gården och drog in frisk och flugfri luft. Han blundade och tänkte sig bort. Han tänkte på en annan tid och önskade, som varje vaken stund, att allt var som för tio år sen, önskade att inget av allt det där som hände hade hänt.

Om allt bara hade fortsatt som vanligt.

Om han aldrig hade tagit hand om huset, om han aldrig hade åkt dit den där första gången. Det var då det började. Sedan det där strålande guldgula ljuset hade krupit in i honom hade han inte varit sig själv längre. Det var detta och det som hände senare nere i källaren som var orsaken till att han nu stod och samlade ihop två döda, sönderdelade kroppar tio år senare.

Var det här en del av hans botgöring? Var det här något han måste uthärda för att sona det han gjort?

Han hade nästan vant sig vid att vara i huset, det var nästan så att han hellre stannade kvar där resten av livet än redde ut allt som gått snett. Han började komma överens med huset igen. De var inte fiender längre.

Det var nästan så att han började känna ansvar för huset. Kanske var det därför han ville städa upp det gengångaren ställt till med. Han ville inte att någon annan skulle komma dit och göra något som innebar problem för hans fortsatta vistelse där.

Det var hans hus. Han hade blivit husets vaktmästare. Han hade nycklarna, så det var han som var ansvarig.

I alla fall så länge han fanns kvar här.

Han tog ett djupt andetag och tänkte att han var här för att slutföra något. Inte för att bli kvar permanent. Stannade han kvar skulle han bli ett spöke, en gengångare själv. Och han skulle försvinna.

På något vis ville han nog försvinna. Han ville bort. På ett eller annat sätt, som sagt.

På ett eller annat sätt.

Men inte än. Först skulle han möta någon.

Vem var Sofia Zetterling? Varför ville hon komma och

fota huset? Och varför hade han sagt att han skulle släppa in henne? På något sätt han fick han för sig att hon hörde till, att hon redan var inblandad.

Klockan gick fortare än han trodde. Det började bli bråttom.

Han gick in i rummet igen och började bära ner hinkarna med den röda sörjan till källaren. Illa till mods över att behöva vistas i källaren fortsatte han med en ficklampa fastklämd i armhålan genom rummen tills han befann sig längst in där golvet hade brutits upp till en djup krater mellan de två badkaren.

Mögeldoften stack honom åter i näsan och han kvävde en hostning.

Den ena hinken ställde han ner och med den andra klättrade han fram till det djupa hålet i golvet. Där hällde han ut den tröga geggan och kunde inte riktigt förstå hur det där hade kunnat vara en människa.

Slamsorna föll nästan två meter innan de plaskade mot hålets botten och sipprade ner i den redan fuktiga jorden. Karl tömde sedan den andra hinken och återvände upp så fort han kunde.

Därnere luktade det mögel och jord och här uppe luktade det slakthus och kött. Här uppe fanns de irriterande svarta flugorna och därnere något svart och mörkt som bara visade sig nattetid. Han visste inte riktigt vad han hellre utsattes för.

Han bar ner resten av slamsorna och tömde i hålet innan han hällde ut vattenhinkarna och försökte skölja bort det mesta av blodet från fönster, väggar och golv. Det var svårare än han hade trott och han fick gå till brunnen många gånger för att hämta mer vatten.

Klockan närmade sig sex och han gjorde sitt bästa för att få undan det värsta. Sedan hoppades han att besökaren inte skulle fästa sig allt för mycket vid det blöta golvet och de mörka fläckar som fanns här och där i rummet. Det brukar ju kunna vara så i gamla hus.

28

När det svängde in en bil på grusplanen några minuter över sex blev Karl skärrad. Han trodde att hon skulle komma på cykel som förra gången. Han gillade inte när saker och ting avvek från det förväntade. Han ville ha en plan och han ville följa den.

Han spanade ut genom fönstret i rummet med det missfärgade elementet. Därifrån såg han kvinnan han sett dagen innan kliva ur bilen med en kamera och ett stativ i handen. Hon var nu klädd i svarta, strikta märkeskläder. Såg plötsligt ut som en fotomodell. Det var alltså hon som hette Sofia. Hon stängde bildörren och drog handen genom sitt blonda hår medan hon såg sig omkring. Därefter höjde hon kameran och tog ett första foto på fasaden.

Karl insåg att något mer var fel.

Hon hade klivit ut genom passagerardörren.

Det betydde att hon inte kommit dit ensam. Samtidigt som han insåg det öppnades förardörren och en man i tjugofemårsåldern klev ut ur bilen. Han bar, precis som kvinnan, svarta feminint skurna kläder. Ögonen doldes bakom ett par stora solglasögon.

Det var inte så här det skulle vara. Karl drog irriterat efter andan och ville springa ner och barrikadera dörren igen.

Nu skulle han inte kunna träffa henne som han hade tänkt. Han som hade velat prata med en annan människa så länge. Men när hon hade någon annan med sig skulle det inte gå. Alltihop var förstört. Han kunde lika gärna ha låtit bli att bjuda dit henne.

Han ville ha henne där för sig själv. Det var en märklig känsla, men han kunde inte förneka det. Hon var vacker och han ville träffa henne. Tio år utan egentlig mänsklig kontakt sätter sina spår. Han hade sett fram mot att bara få prata med henne och känna sig som en verklig person igen. Se om han hade charmen kvar, om han kunde få henne att skratta, det var allt. De enda gångerna han annars öppnade munnen var om han handlade något i en affär. Och då blir det inte så mycket sagt.

De båda gästerna därute såg sig omkring och hade nog förväntat sig att hitta en dyr bil och en mäklare som tog emot dem på gården. Nu var allt stilla och tyst. Han hörde hur de pratade med varandra därnere.

Sedan gick kvinnan fram till ytterdörren och öppnade den.

Ett luftdrag tycktes svepa genom huset som om det drog efter andan av förvåning. Karl hade aldrig känt något liknande tidigare. Det var som ett hastigt korsdrag, men ännu mer bestämt. Sedan var allt stilla igen.

Han hörde rösterna komma in i huset och bestämde sig för att retirera upp till vinden. Sakta smög han sig uppför trappan och höll ett öga nedåt trapphuset så att han inte skulle bli överraskad av att de oväntat snabbt kom uppåt.

Det verkade dock inte vara någon fara. De hade stannat redan på första våningen och han hörde kameran klicka bild efter bild med enstaka avbrott för några kommentarer paret emellan.

Karl lyssnade vid vindsdörren och efter en stund hörde han att de kom uppåt i trappen. Då lade han försiktigt tvärslån för dörren och försökte lyssna om de fortsatte upp. Det verkade som om de systematiskt gick igenom hela huset och fotade här och där.

När han hörde stegen i trappen klampa upp mot vindsdörren kände han en begynnande huvudvärk stråla ut från tinningarna. Han masserade huvudet med händerna och lyssnade på rösterna på andra sidan dörren.

Någon kände på handtaget och kämpade för att få upp dörren några sekunder innan kvinnans dämpade röst konstaterade att:

"Det är låst."

Lite längre ner hördes mannen mumla ett svar.

Karl stod nu bara en halvmeter från kvinnan och mannen. Han inbillade sig att han kunde känna deras kroppsvärme genom det tunna träet i dörren. I synnerhet tyckte han sig känna hennes närvaro.

Vad skulle gengångaren ha gjort om det varit natt, undrade han kort innan rösterna och fotstegen retirerade nedför trappen. Skulle den ha gett sig på dem som den hade gjort med de båda klottrarna? Skulle den ha jagat dem som djur och slitit sönder dem därute i trappan?

Skulle Karl ha släppt in de två och räddat dem om han

hade hört den svarta damen komma uppför trappan bakom dem? Eller hade han hellre offrat dem åt henne för att själv komma undan?

Han hade faktiskt ingen aning om vad han skulle ha gjort.

Sakta smög han bort till sin bädd och lade sig ner. Han låg där och stirrade upp i taket och tänkte att han låg där och väntade på döden.

Fanns det någon lösning, någon metod att ställa allt till rätta, så hade han inte hittat den än. Han började tvivla på att han nånsin skulle hitta den.

Nu insåg han att hur nära han än levde andra människor så var han ohjälpligt utanför. Han hade halkat ur gemenskapen och kunde aldrig komma tillbaka. Han skulle aldrig bli en vanlig människa igen även om han skulle komma till insikt i vad han var här för att göra.

Han förstod nu att han var ohjälpligt förlorad.

Det skulle aldrig bli som förut igen.

Vad han än gjorde hädanefter skulle allt bara vara ursäkter för att skjuta upp det oundvikliga.

Ett liv utan kärlek och närhet var ett tomt och meningslöst liv. Han hade av gammal vana gått som en levande död i tio år. Egentligen borde han inte leva längre.

Det var ingen skillnad mellan honom och den svarta gengångaren.

Karl började gråta tyst.

Han ville bara att det skulle ta slut.

29

Klockan var tio på söndagsmorgonen efter Karls sprit-dränkta odyssé när han vaknade upp på golvet i hallen. Med byxor och kalsonger neddragna runt anklarna och en kall, klibbig plastmatta runt sig stönade han okontrollerat och kände hela kroppen värka. Han hade blåmärken över hela kroppen och han hade i sömnen rispat upp såret i läppen så att han hade kladdat blod över högerarmen som han legat på. Den knöliga skjortan som låg slängd i skostället stank av spya och byxorna osade fortfarande av urin.

Karl var fullständigt trasig. Han hade aldrig mått så dåligt.

"Gabriella", viskade han och grät tyst. "Kom och hjälp mig."

Det enda som avslöjade hans gråt var det förvridna ansiktet. Inga tårar, inget ljud. Bara ett ansikte i panik, ett ansikte som knappt gick känna igen.

Efter några minuter kravlade han sig upp och sparkade av sig byxorna. Stödd mot väggen gick han naken på darrande ben till toaletten och uträttade sina behov innan han ställde sig i badkaret och vred igång duschen.

Han spolade bort piss och skit, blod och spya så att den vita emaljen under honom blev alldeles svart.

Allt han kunde tänka på var Gabriella. Han önskade att hon vore där och kunde göra allt bra igen. Om hon bara hade varit hemma hade allt varit bra. Hade hon varit hos honom hade han aldrig mått så dåligt till att börja med.

Medan fönstret och spegeln ovanför handfatet immade igen syntes det att någon i lyckligare tider hade ritat ett hjärta med bokstäverna G+K mitt på den fläckiga glasytan.

Karl mumlade tyst och desperat för sig själv:

"Gabriella, Gabriella... Jag vill börja om igen... Kan vi inte börja om?"

Det var då han förstod att han måste hämta hem henne. Hon behövdes där hemma, hon skulle inte vara hos någon annan när han behövde henne.

Han skulle hämta henne och Jessica så de kunde vara en familj igen. Han skulle handla och laga mat åt dem och de skulle äta söndagsmiddag som en riktig familj. Och alla skulle vara glada och han skulle inte ha ont längre. Han skulle vara hel och ren i sina bästa kläder och han skulle raka sig och allt skulle bli bra igen.

Om bara Gabriella kom hem igen.

Till slut hade han duschat så länge att vattnet som rann av honom var rent. Då stängde han av vattnet och torkade sig på en stor badhandduk. Sedan tog han fram sin rakapparat och rakade sig noga mellan såren och blåmärkena. Hela tiden noga med att inte se sig själv i ögonen. Han ville inte möta sin blick, han var rädd att han skulle se ond ut. Han var rädd att blicken skulle utstråla någon sorts illvilja eller hat. Han vågade inte erkänna att det var mörka känslor som strömmade inom honom. Han ville låtsas att allt var rent och snyggt. Organiserat och välordnat skulle det vara.

Mitt i rakningen gick han bort till lampknappen och släckte ljuset ett kort ögonblick. Det var som om han mumlade något där i mörkret också, som nån sorts besvärjelse, men sen tände han och visste nog inte ens själv vad han hade sagt.

När han hade rakat sig så noppade han även ögonbrynen med en pincett, rensade öronen med tops, klippte naglarna på fingrar och tår samt strök en deodorant under armarna. Till slut borstade han tänderna och lämnade sedan badrummet med taklampan tänd.

I sovrummet plockade han ur garderoben fram underkläder, strumpor, byxor och en skjorta han tyckte om. Sakta, som om han funderade djupt över något, eller som om han sysslade med en viktig ritual, klädde han på sig plagg för plagg och avslutade det hela med att långsamt knyta en mörkröd slips runt halsen.

Först efter detta kunde han se sig i ögonen i sovrumsspegeln. Han vågade nu se hela sig själv. Nu när han hade satt sig samman igen.

De rödsprängda ögonen störde illusionen lite, men annars såg han ut helt som vanligt. Han såg ut som Karl Reimann, mäklare, igen. Det var så han skulle se ut när han hämtade Gabriella och Jessica.

Han skulle inte se galen och desperat ut hur han än mådde. Allt skulle vara helt normalt. Han ville inte ställa till med någon scen. Det var onödigt att jaga upp Jessica också. Hon skulle inte behöva se honom full och trasig, han skulle komma proper och nykter.

Då kände han att han faktiskt inte var riktigt nykter än. Den alkohol han inte hade spytt upp fanns fortfarande kvar i hans blodomlopp. Så han bestämde sig för att vänta några timmar till innan han hämtade familjen.

Han var på något sätt också tvungen att hämta bilen han lämnat hos Johan kvällen innan.

Ett tag funderade han på att ringa polisen och anmäla rånet och misshandeln. Men sen insåg han bara att det skulle ställa till problem. Hur skulle han kunna förklara varför han var ute och gick på stan vid den tiden och att han varit så berusad att han inte hade en aning om hur förövarna såg ut. Det skulle inte se bra ut. Det skulle påverka hans förtroende och kanske till och med riskera anseende på firman. De skulle förstå att han inte hade haft full kontroll över situationen.

Nej, det var bättre om ingen visste vad som hänt, han skulle påminna Johan om att aldrig nämna för Gabriella att han varit där och hur full han varit. Hon skulle aldrig få veta att han hade släppt loss något i mörkret inom sig.

Han tog upp telefonen, slog numret han fått av taxichauffören och beställde en bil till sin adress.

30

Efter en halvtimme insåg Karl att han inte hörde kvinnan och mannen röra sig nere i huset längre. Bilen stod kvar så de hade inte gett sig iväg. Ändå var det tyst. Inga steg, inga röster. Varför hörde han dem inte längre?

Han gick fram till vindsdörren och lyssnade utan att höra något.

Då bestämde han sig för att öppna dörren och försöka ta reda på vad som hade hänt.

Hade gengångaren kommit tillbaka borde han ha hört det. Nog hade det hörts när den tog bort de unga killarna kvällen innan. Varelsen var inte så snabb, de borde ha hunnit skrika en hel del innan det tystnade.

Sakta öppnade han dörren och tittade försiktigt ut. I trapphuset var allt lugnt och stilla, så han öppnade dörren lite till och började röra sig några steg nedåt i trappan. Där stannade han och lyssnade.

Fortfarande hördes inte ett ljud.

Han tog några steg till och försökte kika nedåt över räcket. På våningen under såg han en öppen väska med kamerautrustning. Det befann sig alltså fortfarande andra människor i huset. På något sätt kändes det skönt att se, nu visste han att han inte bara hade inbillade sig att de var kvar.

Trots att han förstod att de två främlingarna befann sig i något rum på andra våningen tog han risken att fortsätta ytterligare några steg nedåt. Han ville se vad som pågick därnere. Han ville se kvinnan igen.

Hon påminde honom om Gabriella och han ville desperat se något vackert en sista gång innan det var för sent för honom.

Han motiverade risken att bli upptäckt med att han nu förstod att han aldrig skulle lämna huset igen. Han behövde verkligen se något som gjorde honom glad. Kvinnan var hans sista chans.

Nedhukad, som om det skulle göra honom mindre synlig, smög han längre och längre ner mot andra våningen. Han stannade och lyssnade på avsatsen mellan våningarna där trappen svängde tillbaka.

Sedan vidare nedåt med bultande hjärta.

Till slut var han framme. Snabbt kikade han ner mot

första våningen, men såg inget särskilt. Han förstod att det var härinne, på den här våningen, de befann sig. När han gick fram mot dörröppningen hörde han svaga oidentifierbara ljud. De var i ett av de inre rummen och höll på med något.

Kanske hade de hittat något de ville fota och höll på att flytta bråte för att få en bättre bild.

Eftersom de lät upptagna, fortsatte Karl närma sig. Hela tiden väldigt långsamt och uppmärksamt. Vid minsta förändring i ljudet eller tecken på tystnad hade han börjat backa. Men det fortsatte och han tyckte att det lät som om de bit för bit höll på att stapla plankor eller något därinne.

Nu skulle han aldrig hinna gömma sig om de plötsligt råkade kliva ut ur rummet. Han var bara några meter från dörren till rummet där de befann sig. Dörren stod vidöppen men han kom från fel sida i korridoren och kunde inte se in i rummet från sin position.

Han stannade bakom dörren och lyssnade.

Då förstod han vad de gjorde därinne.

Det var kvinnans ljusare röst han hörde först, sen mannens mörkare, mer dämpade grymtanden.

Golvbrädorna knarrade rytmiskt och något skramlade av vibrationerna.

Karl ville fly. Han hade inget där att göra. Han hade kommit mitt in i något privat och han kände att han efter så många år utan känslor faktiskt rodnade.

Han var på väg att backa men kunde inte. En liten glimt först. Bara kasta ett öga in i rummet. Sen skulle han dra sig tillbaka.

Det var skumt i korridoren och de var upptagna, de skulle aldrig upptäcka honom.

Han ville bara se kärlek en sista gång. Han ville veta att människor i den vanliga världen fortfarande kunde älska varann.

Därför närmade han sig dörröppningen så sakta han bara kunde – det är rörelser som är lättast att upptäcka. Han försökte smälta in i skuggorna och upphörde nästan att tänka i hopp om att det skulle hjälpa honom att inte synas.

Alldeles innanför dörren stod en stor systemkamera med en svagt lysande display uppriggad på ett stativ.

Framför den, mitt inne i rummet, stod kvinnan på alla fyra med mannen på knä bakom sig.

De var vända bort från Karl, mot fönstret, så han skulle inte bli upptäckt om han bara höll sig tyst. Deras kläder låg utslängda i rummet och båda var helt nakna. Karl såg mannens lårmuskler spännas medan han rytmiskt stötte mot kvinnan.

Karl kände ett sting av avundsjuka. Vem var den där mannen? Han hade ju bjudit dit kvinnan, Sofia, för att han ville träffa henne. Han hade tänkt prata med henne. Möta henne som en vanlig människa. Och så hade den där jäveln följt med.

Han ville hämta ett rep, springa in i rummet med det i händerna och strypa mannen, släpa honom nedför trappen, ta honom till källaren och gräva ner honom.

I samma ögonblick som han tänkte detta blev han kallsvettig och det svartnade för ett ögonblick för hans ögon. Om Sofia och mannen hade sett honom hade de märkt att hans pupiller plötsligt drog ihop sig till knappnålsstora små hål. Attacken varade bara några sekunder och sedan återgick de till normal storlek igen.

Karl grep tag i dörrkarmen för att hålla balansen.

Han kände på sig att något var på väg att hända. Snart skulle den svarta förbannelsen till kvinna hemsöka huset igen. Det var redan tillräckligt sent på dagen för att hon skulle kunna manifesteras. Med någon form av inre visshet förstod han att den här gången skulle han inte kunna fly undan.

Skuggan skulle till slut hinna ikapp honom.

Akten som pågick framför honom blev för honom en ritual. Huset fylldes med kraft av deras älskog, deras glädje fyllde det tomrum som hade skapats tio år tidigare. Det obehagliga ljuset som fanns inom honom, det han trodde hade slocknat för så länge sen, började slingra sig i hans ryggrad då ritualen intensifierades framför honom.

Den mörka skepnaden skulle snart komma för att ta hand om hans skuld. Han visste att det var dags att överlämna sig. Nu skulle han inte behöva vänta längre.

Sakta började Karl backa ut ur rummet.

Paret grymtade, stönade och njöt.

Ute i korridoren stod Karl några ögonblick och längtade efter det som skedde därinne. I samma ögonblick som han sedan försvann bakom dörren, tyckte han sig se kvinnan vrida huvudet bakåt och titta rakt mot honom med ett leende.

Hade hon faktiskt sett honom eller hade hon bara tittat på mannen bakom sig?

På något sätt kände han igen hennes ansikte. Han hade sett henne någon annanstans. Var det hon som hade stått i kassan på macken? Eller?

Nu vågade han inte gå in igen för att se efter. Han ville inte riskera förnedringen med att bli upptäckt som tjuvtittare. Han ville inte störa deras allt mer intensiva glädje. Akten måste fullbordas, tänkte han uppgivet.

Istället gav han sig iväg längs korridoren mot trapphuset igen. Inget tydde på att de hade sett honom och kom för att ta reda på vem han var.

Hans ögon fylldes av tårar.

För tio år sen grät han ensam i sin lägenhet utan tårar, nu kom tårarna i överflöd istället, de rann utan att han rörde en min medan han tog sig uppför trappan.

Med darrande händer stängde han försiktigt vindsdörren och såg sig håglöst omkring, som om han hade hoppats på en utväg han inte sett förut.

Men förutom takluckan fanns det ingenstans att ta vägen.

Vinden var en återvändsgränd.

Det var så här långt han kunde komma.

Nu fanns det bara ett sätt att vända tillbaka.

31

Först tänkte Karl bara hämta bilen hos Johan. Så när chauffören, som oavbrutet hade babblat om nån tragedi som inträffat nordväst om stan under natten, svängde in på Ormvråksgatan betalade Karl snabbt och gick fram till sin bil.

Då kom han ihåg att han skulle gå in till Johan och be honom att inte berätta något om vad som hade hänt kvällen innan för Gabriella. Det skulle nog inte vara några problem, Johan ställde alltid upp, så Karl gick obekymrat upp mot dörren och ringde på.

Trädgården såg helt annorlunda ut i dagsljus. Hans alkoholbeslöjade minne av vad som hänt i mörkret var lite diffust. Hade han verkligen slagits med Johan? Han försökte att inte tänka på det.

Några stolar och ett bord stod kvar tillsammans med ett par soppåsar med rester från festen. Karl tyckte för ett ögonblick att det kändes som höst. Trädgården var städad och redo att packas in i snö i väntan på nästa säsong och nya födelsedagskalas.

Han darrade i benen medan han stod där och väntade. Det kurrade i magen på honom och han tänkte att han måste äta något mer innan han åker vidare.

När ingen kom och öppnade dörren ringde han på igen. Någon borde väl vara hemma, det är ju söndag, tänkte han och ringde på en tredje gång.

Fortfarande ingen reaktion därinne, så Karl kände på handtaget. Det var låst.

"Hallå, Johan, det är Karl", ropade han. "Är du hemma?"

Han kände sig smått frustrerad och ville ha det hela överstökat så han kunde åka och hämta sin familj istället.

Irriterat ringde han ett par gånger till på dörrklockan och backade sedan nedför trappan och försökte spana in genom fönstren istället. Han fortsatte runt huset, tittade även in genom de låga källarfönstren, och försökte se om det fanns någon inne i huset, men såg ingen.

Bakgården var ganska stor och avslutades med ett högt staket som höll en skogsdunge och några stora tallar på behörigt avstånd. Karl fortsatte upp på altanen på husets baksida men upptäckte att dörren var låst. Däremot stod stod ett litet högt sittande fönster på glänt lite till höger om altanen. Han såg sig omkring, på något sätt medveten om att han tänkte göra något man inte får, och började sedan lirka med fönsterspärren då det inte verkade finnas någon som kunde se honom.

Han lyckades lossa spärren och tryckte försiktigt upp fönstret en aning.

"Hallå", ropade han in och stod tyst för att höra om han fick nåt svar. "Hallå? Är det någon hemma?"

Det var tyst ända tills en av blomkrukorna innanför fönstret föll till golvet och sprack med en dämpad krasch.

När inte ens det fick någon därinne att reagera klättrade han via altanens räcke upp på fönsterblecket och försökte ta sig in utan att riva ner några fler blommor.

Eftersom han var relativt smidig lyckades han med sin föresats och stod efter en stund i den utspillda jorden i vad som verkade vara Johans arbetsrum.

Uppenbarligen var han ensam i huset.

Han såg sig omkring och kände bara delvis igen sig därinne. Dörren hade varit stängd när han var där kvällen innan och tidigare hade han bara besökt Johan några enstaka gånger.

Rummet var inrett som ett litet kontor med ett skrivbord och en dator, en hylla med böcker och pärmar. Datorn susade och på skärmen snurrade abstrakta mönster fram i en skärmsläckare. På bordet låg en massa papper och foldrar framme, som om Johan bara lämnat arbetet tillfälligt.

Han petade på musen och skärmen blinkade till liv. Johan var inloggad på sin e-post och Karl blev nyfiken. Det senaste brevet var daterat för bara en knapp timme sedan. Från Håkan till Johan. Något höll på att ske bakom hans rygg.

Chockad satte han sig ner och läste det korta brevet.

Det verkade som om firman nu omedelbart ville lägga Karls projekt på is. Johan hade dessutom fått i uppdrag att reda ut hur affären med huset på Lundsvägen gått till eftersom Håkan inte kunde hitta några dokument eller transaktioner rörande köpet. Håkan avslutade med att nämna att Karl skulle sjukskrivas ett tag så han kunde få vila lite och reda ut sitt liv eftersom allt uppenbarligen inte stod rätt till med honom.

Karl visste inte riktigt hur han skulle reagera. En del av honom blev våldsamt upprörd över att ha blivit förbigången och ifrågasatt, och en del av honom var märkligt lugn, som om detta var en utveckling han förutsett och nästan sett fram emot.

Medan han satt där och stirrade på pappren framför sig hörde han en bil svänga in på uppfarten till huset. Han hörde, men tycktes inte reagera förrän några bildörrar slog igen och han hörde steg på trappan.

Då insåg han att han var nånstans där han inte borde vara och började springa mot altandörren på baksidan.

Han hann inte ens fram förrän ytterdörren låstes upp och öppnades.

En stor svart hund, förmodligen någon sorts dobermann-korsning, sprang skällande in och fortsatte rakt mot Karl som försökte förstå hur låset på altandörren fungerade. Hunden stannade en meter framför honom och skällde energiskt.

"Tyst", ropade Johan halvhjärtat från hallen.

"Men ge honom lite mat så ger han sig", sa en kvinnoröst Karl tyckte sig känna igen som Johans fru Elin.

Låset gick till Karls stora frustration inte att öppna utan nyckel och hunden såg till att han inte hade någon annanstans att ta vägen.

"Men kan du vara tyst", ropade Johan ilsket åt hunden och kom sedan in i vardagsrummet. Där fick han syn på Karl som bara stod och väntade på att bli upptäckt. Johan stelnade till som om han inte kände igen Karl. Det var som om han blev rädd. Som om det stod någon helt främmande i hans vardagsrum.

"Kan du ta bort hunden", sa Karl dämpat.

I samma ögonblick kom Elin in i rummet. Hon stannade bakom Johan och såg förskräckt ut.

"Kan ni ta undan hunden", upprepade Karl.

"Är det du Karl", frågade Johan och såg skeptiskt på honom. Det var som om han inte riktigt kände igen sin kollega.

"Ja, det är jag, vem skulle jag annars vara?"

"Men vad gör du här", frågade Johan försiktigt.

"Jag skulle bara hämta bilen. Tänkte gå in och säga hej."

"Men vad gör du härinne, det var ju låst?"

Hunden hade slutat skälla, men stod fortfarande flåsande och bevakade Karl. Den avvaktade spänt vad som skulle hända och väntade på ett tecken från husse.

"Det var inte meningen", sa Karl och ville att hunden skulle försvinna så han kunde ge sig av.

"Be honom att gå", sa Elin tyst till sin make. "Jag vill att han ska gå."

Johan, som fortfarande såg rädd ut, försökte hitta ord som inte skulle provocera Karl. Det var något i luften som gjorde honom försiktig.

"Okej", sa Johan. "Du kanske ska ta bilen och åka hem nu Karl, så ses vi på jobbet i morgon. Jag och Elin har lite saker att göra. Det är söndag, du borde åka hem och vila."

"Tänker dom ge mig sparken", frågade Karl med neutral röst.

"Va? Nej, varför tror du det", svarade Johan utan att kunna dölja en tydlig ton av lögn i rösten.

"Tänker ni sparka mig", utropade Karl häftigt och tog ett steg fram.

Då började hunden skälla aggressivt igen och Elin backade diskret ut i hallen. Johan försökte lugna ner situationen.

"Ta det lugnt, Karl, det är ingen som sagt att du ska bli sparkad."

"Du ljuger", ropade Karl, helt röd i ansiktet.

Hunden verkade nu ännu mer hotfull och visade tänderna. Den skällde nu intensivt och såg ut att kunna attackera när som helst.

"Ta bort hunden säger jag", väste Karl så dämpat han kunde.

"Hit", ropade Johan och lockade på hunden som fullständigt ignorerade honom. Han hade ingen kontroll över den längre. Den förstod att det var något med Karl som inte stod rätt till.

Johan såg smått panikslagen ut och i hallen skymtade Elin med en mobiltelefon i handen.

Hundens skällande fick Karl att tappa kontrollen och han skrek:

"Lägg på luren för helvete! Du behöver inte ringa nu! Ta bort hunden, jag ska gå!"

Elin sänkte förskräckt telefonen och Johan försökte gå fram och få tag i hunden. Karl fäktade med armarna som om djuret skulle förstå honom och gå undan. Det retade istället upp den ännu mer och plötsligt högg den efter hans händer.

Karl sparkade mot hundens huvud och den ramlade omkull på det hala golvet. Den kom dock snabbt på benen igen och högg instinktivt efter Karls ben. De vassa tänderna slet upp en stor reva i Karls byxor innan han lyckades sparka undan den tunga kroppen igen. Men den här gången höll sig hunden upprätt och vände snabbt. Den kastade sig upp mot honom och klöste mot Karls skrev med frambenen medan den försökte bita tag i hans ena arm.

"Sluta! Sluta för helvete", skrek Johan åt både hunden och Karl medan han försökte få tag på hundens bakben för att dra undan den.

Karl lyckades slå ner hunden till golvet igen och försökte ta sig förbi den mot utgången. Då sprattlade den runt och högg käkarna i hans ena vad. Karl kände tänderna tränga in genom huden, djupt in i musklerna.

Elin skrek i hallen, Johan skrek åt hunden och hunden morrade högt. Bara Karl var tyst.

Smärtan fick tårarna att rinna ur ögonen, men han sa fortfarande inte ett ord. Istället sparkade han bakåt med det fria benet och träffade hundens huvud. När det inte fick den att släppa sparkade han en gång till och något hände i hundens kranium. Något gav vika och Karl kände hur bettet slappnade av.

Johan tystnade och släppte hunden. Den segnade ner på golvet och det rann blod ur ena ögat.

Med svansen mellan benen försökte den vingligt fly in under vardagsrumsbordet. Men den tappade balansen och sprattlade sedan helt okontrollerat på golvet en stund innan den förblev stilla.

De stod stilla allihop.

Karl tittade upp från hunden och såg Johans blick förändras från skräckblandad chock till föraktfullt hat.

"Vad har du gjort", ropade Elin i hallen och Karl insåg att om han stannade kvar en sekund till skulle Johan anfalla honom på samma sätt som hunden hade gjort.

Karl trängde sig snabbt förbi Elin och sprang med blödande ben ut genom ytterdörren, genom trädgården, ut på gatan och letade samtidigt fram bilnycklarna ur fickan. Han kastade en blick över axeln och förväntade sig att bli jagad. Istället hann han ta sig ut till bilen, sätta sig i den och starta den innan han såg Johan komma ut på trappan, bärande på den livlösa hunden.

Medan han körde iväg såg Johan efter honom som om han ville döda honom.

Karl slog handen hårt mot ratten tills det gjorde lika ont som i benet.

Varför skulle han alltid ha sån otur, undrade han. Hela livet går åt helvete och det blir aldrig som man tänkt sig.

Det var ju inte meningen, det var ju en olyckshändelse, han blev bara så skärrad.

Han ångrade det som hade hänt med hunden. Den hade ju bara försökt försvara sin familj mot en inkräktare. Men nu var det gjort, han fick köpa en ny hund åt dem senare, när de lugnat ner sig lite.

Samtidigt kände han sig på sätt och vis glad över att han fått veta hur allt egentligen låg till på jobbet. Han bestämde där han satt vid ratten att han aldrig skulle åka tillbaka till firman igen. Den hade bara hämmat honom ändå. Han skulle kunna klara sig ännu bättre på egen hand. Han skulle kunna starta ett eget företag. Huset på Lundsvägen skulle rädda honom.

Så fort han var fri från alla de inskränkta bakåtsträvarna på jobbet skulle han kunna utvecklas och hitta formen igen.

Det var bara att hämta familjen, skjuta undan alla mörka tankar och börja om på nytt.

Kanske skulle han, för att visa sin goda vilja, köpa den där hunden Jessica hade önskat sig för länge sedan.

Nu behövdes en nystart för dem alla tre.

Han behövde bara några värktabletter och något att äta först.

Sen skulle allt bli bra igen.

32

Gabriella vaknade av att Karl låg bredvid henne i sängen och gnällde. När han sedan började skrika vände hon sig hastigt om och tände sänglampan.

Det var mitt i natten två månader innan helgen då hon och Jessica skulle lämna Karl ensam hemma med sin svartsjuka och ångest. Två månader innan han sparkade ihjäl Johans hund.

Karl hade kastat av sig täcket och låg raklång och onaturligt stel i hela den blottade kroppen. Hans ögon stirrade rakt upp i taket och munnen var halvöppen och läpparna torra och flagnade som om han hade andats genom munnen hela natten.

"Vad är det", frågade Gabriella oroligt utan att få svar. Karl bara fortsatte sitt märkligt kvävda skrikande. Hon ruskade honom och fortsatte: "Vad är det, Karl? Vad håller du på med?"

Då tystnade han men slappnade inte av i sina hårt spända muskler. Munnen höll han öppen men tyst.

Gabriella stod på knä intill honom och kände på hans svettdrypande panna.

"Karl! Vad är det som händer", frågade hon och smekte honom oroligt över pannan och kinden.

Han drog då sakta och ljudligt efter andan för att därefter långsamt sucka lika högt.

"Vi måste göra ett barn", sa han sedan tonlöst utan att se på henne.

"Va? Vad menar du", frågade Gabriella smått panikslagen.

147

"Vi måste göra ett barn du och jag. Innan det är för sent."

"För sent för vad då?"

"För oss att överleva. Gör vi det inte nu kommer vi dö."

"Men varför pratar du sådär? Snälla Karl, försök slappna av, du är alldeles spänd i hela kroppen!"

"Jag är beredd. Vi måste göra det nu."

"Lugna ner dig, du har bara haft en mardröm, slappna av snälla du!"

"Men jag vill ha ett barn! Jag vill ha ett barn! Ett som är mitt! Som kan ta över! Vem ska annars ta över? Herregud, ska jag dö utan att det finns någon kvar?"

"Du ska inte dö!"

"Jag såg den där mannen och ljuset och jag såg min pappa dö och jag kunde inte göra nåt! Jag var för långsam! Jag var så rädd!"

"Vi har gott om tid på oss än... Det blir ett barn när det är dags. Var inte rädd, Karl, slappna av nu!"

"Men varför kan vi inte få barn!"

"Det kan ta tid har jag ju sagt, vi har ju pratat om det, det går inte skynda på... Var inte orolig, det kommer..."

"Ta på mig nu."

"Va?"

"Ta på mitt kön, gör mig beredd", ropade Karl fortfarande stirrande upp i taket.

"Men vi behöver inte göra det nu säger jag, och ta det lugnt, du väcker Jessica om du skriker så där!"

"Jag kan inte få upp den själv, du måste hjälpa mig. Ta den i handen."

"Nej, säger jag. Sluta nu!"

Karl flåsade över sina flagnade läppar och ögonen tårades. Hans muskler spändes ännu mer och han började kasta sig omkring i sängen tills han nästan började gå upp i brygga. De utsträckta händerna bankade hårt i väggen och han klapprade med tänderna som om han fått någon form av epileptiskt anfall.

Gabriella ropade panikslaget:

"Sluta! Sluta!"

Karl utstötte ett gurglande ljud mellan sina hårt sammanpressade läppar och i samma stund öppnades sovrumsdörren och Jessica tittade in med skrämda, nyvakna ögon.

"Gå ut", ropade Gabriella mer hysteriskt än hon hade tänkt, men Jessica bara stod kvar och stirrade.

Karl lugnade sig lite och sjönk ner på sängen igen, istället började han kvida och gnälla sammanbitet igen.

Gabriella slängde sitt täcke över hans höfter för att dölja könet som slängde fram och tillbaka då Karl genomfors av okontrollerade ryckningar.

"Det är ingen fara gumman", sa Gabriella till sin dotter och klev upp ur sängen för att lugna henne. "Han har en mardröm bara, det är ingen fara. Gå och lägg dig så kommer jag till dig strax. Det är ingen fara."

Jessica försvann tillbaka till sitt rum och Gabriella hörde henne stänga dörren till sitt rum och låsa efter sig.

"Hör du mig Karl", frågade Gabriella när hon åter krupit fram till honom i sängen för att försöka få kontakt med honom. "Om du inte svarar nu så ringer jag en ambulans. Hör du mig?"

Karl drog efter andan och svarade efter en stund med en mer normal röst.

"Jag hör dig. Det är ingen fara. Gå till Jessica och lugna henne istället."

Han slappnade sakta av i kroppen och började istället dra ihop sig i fosterställning.

"Förlåt mig, det var inte meningen. Jag måste ha drömt", sa han med några korta blickar på Gabriella som inte riktigt verkade tro på vad han sagt. "Det är över nu, jag blev lite förvirrad bara, gå till henne och säg att det inte var meningen att skrämmas. Förlåt."

"Du skrämmer mig också, Karl..."

"Det var inte meningen. Jag är vaken nu."

Han slickade den salta svetten från läpparna och såg för första gången på henne.

"Jag blev rädd själv", sa han och såg ynklig ut. "Jag blev så rädd. Jag trodde vi var förlorade. Jag trodde du var förlorad."

Han såg intensivt in i hennes ögon och fortsatte:

"Vet du, jag älskar dig. Vad som än händer mellan oss så älskar jag dig."

Han lade sig ner och såg bort från henne, mot väggen.

"Gå och se till Jessica nu", nästan viskade han. "Du och jag får prata sen. Säg förlåt till henne från mig, jag ville inte skrämma nån."

Gabriella backade sakta ur sängen och visste inte vad hon skulle svara. Hon tog på sig en tröja och ett par mjukisbyxor innan hon gick och knackade på Jessicas dörr.

Karl låg kvar med armarna över huvudet och lyssnade till deras dämpade röster utan att förstå vad de sa.

33

Trots att han hade ätit en hamburgare på väg ut till huset kände sig Karl ändå hungrig. Magen knorrade och ville ha mer. Men det fick vänta.

Han parkerade på grusplanen och försökte lugna ner sig. Incidenten med hunden hade fått honom ur balans. Han hade tagit en omväg och åkt ut till huset för att samla sig en stund så han inte kom helt skärrad och uppjagad till stugan när han skulle hämta familjen.

Molnen på himlen drog förbi snabbt. Det hade blåst upp medan han körde ut till huset. Kanske var det varma vädret på väg att förändras nu när det började bli kväll.

"Det går för fort", sa han högt för sig själv utan att egentligen veta riktigt vad han menade.

Han såg ut över grusplanen och de små buskar som tio år senare skulle ha växt upp till träd. Det fanns inget särskilt att se, ändå satt han där länge och bara stirrade ut över grönskan.

Efter en stund bestämde han sig för att ta fram nycklarna till huset ur handskfacket och ta sig en sista titt. Huset skulle väl säljas nu när han inte längre fick ha nåt med det att göra. Så för att ha något annat att fundera på en stund tänkte han passa på att stänga fönsterluckorna och bomma igen hela huset.

Redan när han stod i trapphuset var det något i källaren som lockade honom. Det fanns inget han hade tänkt göra där nere, så han började gå uppför trappan. Ändå kände han en dragning dit ner.

Han gick upp till översta våningen och började stänga

några av fönsterluckorna. Då var det som om han hörde en röst på våningen nedanför och han stannade upp. Han lyssnade några sekunder och gick sedan ut i trapphuset igen.

Rösten hade tystnat men nu lät det som om någon rörde sig där nere.

"Hallå", ropade Karl, "vem är det?"

Eftersom han inte fick nåt svar fortsatte han halvspringande nedför trappen och kastade en blick in på första våningen. Då hörde han att ljudet hade förflyttats till källaren och fortsatte nedåt.

Först stod han vid ingången till själva källaren, med pannrummet och ventilationssystemet bakom sig. Han hade öppnat den tunga skyddsrumsdörren och ögonen var tvungna att vänja sig vid ljuset innan han hittade ljusknappen. Då bländades han ett ögonblick och höjde instinktivt händerna som för att skydda sig mot någon som kom mot honom.

Sedan insåg han att har var ensam i rummet. Längs väggarna fanns bord och stolar staplade tillsammans med flera lådor militär utrustning som också verkade ha ställts åt sidan för att ge plats mitt på golvet. Förutom att det nu var renare såg det i stort sett ut som tio år senare när han skulle återvända hit ner.

I luften fanns det någon sorts vibration. Något var annorlunda jämför med förra gången han var här. Något hade förändrats. Det fanns något längre in i källaren. Något som inte hade varit där förut.

Han fortsatte till vänster och in genom den halvöppna dörren. Hela tiden på helspänn. Den här gången ryckte han i alla fall inte till när han tände ljuset. Rummet han passerade hade varit ett kontor, men nu hade de flesta möblerna burits ut så att det ekade lite lätt därinne.

Dörren han nu fokuserade på ledde in till rummet med observationsfönstret och de kaklade försöksrummen som var husets stora hemlighet.

Nu började han tvivla på att det verkligen var röster han hade hört. Det måste ha varit inbillning. Han hade den enda nyckeln till den här dörren på sin nyckelknippa. Hur skulle någon ha kunnat ta sig in här?

Ändå var han tvungen att gå in och se efter.

Först tog han fel nyckel och skramlade irriterat med nyckelknippan innan han hittade rätt. Dörren gled upp och det var mörkt därinne. Han lyssnade men hörde inte ett ljud. Allt var dämpat och inte ens fåglarna och vinden utanför huset hördes. Det var så tyst att han var tvungen att klia sig i öronen för att höra så han inte hade tappat hörseln.

Sedan tände han ljuset och såg det lilla observationsrummet framför sig. Det var mycket renare nu än tio år framåt i tiden. Framförallt fanns det inget mögel. Något pirrade i bröstkorgen på honom, som av förväntning, som om han visste att något skulle ske.

Intill den högra dörren fanns lampknappen till rummet bakom observationsfönstret. Han tände och såg en sjukhusbrits med spännband för armar och ben därinne i rummets mitt. Längs väggen stod några vagnar av rostfritt stål.

Men rummet var tomt. Han hade varit säker på att det var där någon skulle finnas, det var där någon borde ha funnits. Det var härifrån känslan av närvaro strömmade över honom.

Han öppnade hastigt den vänstra dörren istället. När han tände ljuset ryckte han till igen och blundade. Det starka ljuset reflekterades av det blanka vita kaklet och bländade hans lättskrämda ögon innan han hade vant sig. Mitt i rummet fanns de två badkaren med sina läderremmar och spännband. Allt var rent och vitt, golvet var helt, inget var sönderslaget.

Om tio år skulle möglet ha färgat rummet svart.

Även detta rum var tomt. Hur kunde han ha misstagit sig så? Han hade varit säker på att det var någon här. Något gnagde inom honom och han kände att det var något han hade missat. Något hade gått honom förbi.

Det var ganska kallt och rått nere i källaren, men om det var därför han rös till är svårt att säga. Han drog efter andan och suckade.

Han kände sig plötsligt trött och lämnade kakelrummet med badkaren i mörker då han släckte lampan efter sig. Istället gick han in i rummet bakom observationsfönstret och granskade sjukhusbritsen.

En ovanlig doft hängde i luften, någon sorts rökelse, kanske sandelträ, men det fanns inget som tydde på varifrån den kom. Även här var väggarna kaklade och både britsen och vagnarna såg rena ut. Rummet hade säkert desinficerats sedan det sist fanns någon patient här.

Första gångerna Karl hade varit här hade han undrat varför det fanns två sådana här ovanliga rum i en militär byggnad. Det var då han upptäckte att huset först hade byggts för tuberkulospatienter. Sedan kom andra världskriget och militären övertog byggnaden för att inreda till hemlig sambandscentral. Det förklarade dock inte varför rummen i källaren var inredda som de var och i så gott skick att man får anta att de faktiskt använts att behandla patienter i. Men vilken sorts patienter behandlade militären härute i avskild hemlighet? Hur mycket han än letade hittade han inga svar. Det fanns ingen som helst dokumentation om verksamheten i husets källare.

Ändå tyckte han sig ständigt ana en närvaro. Som om någon iakttog honom. Han trodde inte en sekund på spöken. Trots det ville han ständigt se sig om. Som om det fanns något mer primitivt och ursprungligt där, något som inte hörde hemma i ett hus. Något som läckt över genom en tillfällig spricka och inte kunde ta sig tillbaka. Han kände att någon försökte kommunicera med honom.

Men huset var tomt. Det var bara Karl som fanns där. Han måste ha inbillat sig rösterna och ljuden av rörelse, tänkte han och satte sig på britsen för att avlasta sitt värkande ben.

Myrbetten kliade fortfarande men nu hade han nästan börjat vänja sig så han krafsade bara förstrött i nacken och på handlederna ibland. Skinnet var rött och hade börjat flagna här och var, men det hade Karl knappt märkt.

När han suttit en stund var det som det flimrade för ögonen på honom och han kände sig yr. Han ryckte till när han för ett ögonblick trodde att han höll på att falla ner på golvet. Hela kroppen protesterade mot den behandling den utsatts för de senaste dagarna och han kände en överväldigande längtan efter att få sova ordentligt.

Helt omtöcknad lade han sig ner på britsen och slöt ögonen.

Rummet snurrade runt honom.

Det tog inte lång stund förrän han sov.

34

I mörkret var det något som rörde sig. Det var samma hasande ljud som hade lockat honom ner i källaren till att börja med. Sakta rörde det sig runt honom och han blinkade med ögonen, osäker på om de var öppna eller inte. Ljuset hade uppenbarligen släckts medan han sov och nu var mörkret fullständigt kompakt i det lilla observationsrummet.

Någon fanns med honom i rummet, det var han säker på.

Han kände britsens kalla galon under sig och försökte sätta sig upp. Men något höll honom tillbaka. Han ryckte i armarna och förstod till slut att han var fastspänd med läderremmarna och hakarna på britsens sidor.

Det var absolut någon, eller kanske *något*, mer i rummet. Karl kände en närvaro röra sig i mörkret på hans vänstra sida.

Han kände panik och sprattlade för att komma loss. Men han satt stadigt fast och hade inte en chans att komma loss.

Då såg han något uppe i taket. Ett mönster av sprickor växte fram och till en början bara anade han de fina linjerna som sakta spred sig som svallvågor runt en punkt rakt ovanför honom. Sedan kom det ett svagt sken från sprickornas epicentrum och Karl försökte då se vem det var som fanns med honom i rummet. Han bara skymtade skepnaden i ögonvrån, men tyckte att det verkade vara en väldigt ljus eller blek kvinna som kom med en doft av hav och saltvatten.

Sprickorna började glöda allt mer intensivt och Karl kände sig yr av att betrakta deras böljande framväxt. Han fick känslan av att falla upp och in i en lång tunnel som sträckte sig uppåt och uppåt utan slut.

Han kände ett lugn han inte känt på länge. Allt hade varit så kaotiskt inom honom, särskilt de senaste dagarna, men nu var allt ett ögonblick av stilla frid. Ljuset blev starkare och starkare runt honom och han kände sig trygg trots att han inte hade någon kontroll över vad som hände.

Om han varit det minsta religiös hade han kanske trott att han hade dött och var på väg till någon form av himmel, men nu kände han bara förundran över vad som höll på att ske.

En pirrande känsla började i fötterna och spred sig över resten av kroppen tills det kliade som insekter över hela kroppen. Hans hjärta började slå hårt och det var inte längre någon seren upplevelse han hade där i ljuset.

Ljuset bländade honom så han kunde inte se dem, men nu var han säker på att myrorna var tillbaka. Överallt kittlades det av deras små myllrande ben.

Ett ögonblick fick han för sig att han hade hamnat nere i en myrstack och försökte kisa för att se något i det bländande vita skenet.

Sedan kände han små stick överallt, smärtan blossade upp och nu övergick oron i panik. Han ville aldrig någonsin uppleva myrornas attack igen. Ändå var de på något sätt tillbaka och den här gången gjorde det ännu ondare, som om de hade större käkar att bita sig in i hans kött med den här gången, som om deras piss sved ännu värre.

Han tyckte sig höra dem väsa och krypa omkring, han tyckte sig höra hur de tuggade i sig av hans kropp och han tyckte sig höra fräsande som av syra när de pissade i såren medan de bet.

Karl blundade, skrek och föreställde sig hur han nu måste drypa av blod av de köttätande myrornas behandling. Då kände han hur de kröp in i munnen och bet tag i hans tunga som om de försökte klippa sönder den med sina saxkäkar.

Han bet ihop och det krasade mellan hans tänder medan han kände en stickande obehaglig sörja rinna ur de krossade myrornas kroppar.

Smärtan uppfyllde honom och varenda centimeter av hans kropp kändes sönderbiten och fylld av små tunnlar in i hans kött.

Då tyckte han sig plötsligt höra en viskning.

Den kom liksom inifrån honom själv. Det var något inom honom som talade. Det var en tonlöst väsande luftström som knappt gick att tyda.

Viskningen talade till honom.

Den talade och han lyssnade.

En stor cirkel tycktes sväva framför honom, en cirkel flätad av ljusa självlysande linjer, som en gigantisk krans.

I cirkeln flöt tolv små lysande klot och han uppfylldes av lycka, på gränsen till extas, av att se dem.

De var som en sanning och en uppenbarelse av något han alltid undrat över. Det var ett tecken och det utlöste något inom honom som legat dolt i hans inre djup under lång tid.

Cirkeln och de tolv kloten berättade att det nu var dags. Han tecknade med handen den symbol han sett brinna i sitt inre den där gången han var här och hämtade nycklarna.

Något öppnades inom honom, något hade plötsligt förändrats, något hade ställts om. Den intensiva smärtan han kände var bara slutfasen i förändringen.

Det var som om han burit ett frö inom sig och nu hade det äntligen brutit skalet och skjutit skott.

Ett leende bredde ut sig på hans läppar när han förstod att han inte behövde vara orolig, allt skulle ordna sig, allt skulle bli bra.

Han upphörde vara rädd och efter ett djupt andetag kunde han andas normalt igen.

För ett ögonblick kände han en närvaro runt sig. Som om otydliga figurer av ljus stod därute i ljuset och betraktade honom.

Bakom sig hörde han en röst som viskade:

"...och ur skuggan kommer döden."

Sedan var allt bara vitt.

Då öppnade han ögonen. Sakta förstod han att han låg kvar på britsen i undersökningsrummet och stirrade upp mot det starkt strålande lysröret i taket.

Utan att röra en min satte han sig upp och tittade på

sina helt oskadade händer. Han kände med fingrarna i ansiktet och smackade med tungan. Det fanns varken bett eller blödande tunnlar i hans kropp, bara hans vanliga flagnande hud.

Myrorna hade den här gången bara funnits i hans hjärna.

Smärtan försvann i samma ögonblick som han insåg detta. Det enda han fortfarande kände var en molande värk i benet där hunden hade bitit honom.

Karl reste sig upp och lämnade haltande källaren med alla lampor tända.

Han hade haft en uppenbarelse.

Nu visste han hur han skulle ställa allt tillrätta.

Han skulle hämta sin familj.

Han skulle ta med dem hit.

Han skulle visa dem.

De skulle också få höra vad rösten bakom honom hade viskat.

Och sedan skulle allt bli bra igen.

Fjärde delen

35

När Karl kom ut ur huset och gick fram mot sin bil insåg han att det var något som inte stämde. Det hade varit kväll när han hade åkte ut till huset efter incidenten hos Johan.

Nu var solen istället på väg upp.

Klockan i bilen var kvart över sex på morgonen och det hade hunnit bli måndag morgon.

Återigen kände han en mullrande värk i magen och tänkte att han borde äta något. Han var ständigt hungrig och hann aldrig stanna för att äta ordentligt. Det hade förmodligen pågått de senaste veckorna, men han hade inte märkt det förrän nu när hungern blossade upp allt oftare. Trots att han åt mer än han brukade hade han inte gått upp i vikt. Det var som om han hade börjat bränna kalorierna effektivare.

Han kände att han omöjligt skulle kunna fortsätta om han inte fick något att äta. Så han körde till närmaste hamburgerrestaurang som hade frukostmeny och drive-in. Sedan satt han med sin välfyllda påse med mat och åt i bilen som han utan att bry sig hade råkat parkera snett över linjerna ute på parkeringen.

Det såg ut att bli en fin dag.

Kanske skulle han kunna ta med familjen på en pro-menad i skogen vid huset sedan han visat undret därnere i undersökningsrummet. Om han skaffade ett fiskespö så kunde de fiska nere i sjön som låg därute nånstans. Kanske gick det att bada där också. De borde ta med badkläder och handdukar och en picknickkorg.

Det var en fin dag för en familjeutflykt helt enkelt.

Han brände tungan lite på kaffet, det var inte så farligt, men det fick honom att tänka på myrorna igen. Hur illa de hade smakat när han bet i dem. Innan han tog nästa tugga av hamburgaren lyfte han på brödet och såg efter så att det inte fanns något levande där.

Samtidigt som han undersökte nästa burgare tänkte han att det inte skulle räcka med att hämta Gabriella och Jessica idag. De skulle ändå bara åka tillbaka till Henrik någon annan gång.

Det var ett problem. Henrik och hans stuga fanns alltid där.

Även om han nu kunde ta med dem till huset på Lundsvägen skulle det aldrig bli samma sak. Inte ens om han fixade fiskespö och picknickkorg. Det var ju inte hans hus och nu skulle han inte ens få ta hand om det längre eftersom han skulle få sparken.

Han slog irriterat på ratten och svor högt för sig själv.

Sedan stoppade han i sig den sista maten och kastade allt papper och skräp i en redan ganska stor hög på golvet i baksätet innan han körde vidare.

Karl begav sig återigen iväg mot Henriks stuga.

Trafiken var gles än så länge men skulle säkerligen öka om bara en halvtimme då folk började bege sig till jobbet.

Den här gången skulle han inte gömma sig i buskarna. Han skulle köra upp på gården och hälsa hövligt men bestämt på Henrik och sedan ta med sig sin fru och dotter därifrån. De skulle bli förvånade men glada över att se honom. Han skulle bara le och säga att han tänkte visa dem en överraskning. Det skulle göra dem nyfikna. Gabriella gillade överraskningar och Jessica skulle bli glad om Gabriella blev glad.

När han svängde av från motorvägen kände han lugnet inom sig igen. Lugnet från ljuset som strålat över honom från ödehusets källartak. Det var nu bara några minuter kvar tills han äntligen skulle få återse sin fru.

Han passerade en samling hus som knappt kunde räknas som by. Det stod en ensam flicka vid en busskur och glodde på honom. Han stirrade tillbaka, nöjd över att inte behöva åka till skolan en sån här fin dag. Sedan svängde han in på grusvägen som ledde fram till idyllen vid Henriks stuga.

Han fick solen i ögonen och önskade att han hade haft ett par solglasögon. Det var alltid jobbigt att köra i starkt solsken, han kisade svårt och såg inte riktigt vägen. Då trivdes han bättre med att köra i mörker. Bara han slapp bli bländad förstås.

Han stirrade in i ljuset och längtade efter mörkret. Allt var så ljust, det strålade även inom honom – inte ens om han blundade kom han undan det starka skenet.

Om solen varit mörker istället skulle han ha kunnat lysa upp världen med sina ögon.

Hade solen varit svart hade han varit ljusbringaren.

Om inte solens helvetiska gyllene plasma hade strömmat in i honom när han oförberedd och oförstående hade blottat sin skräck ute vid huset hade han inte varit så ensam nu.

Men nu var det för sent att grubbla över det. Ljuset skulle ta hand om alltihop.

Det som växte inom honom hade ansvaret nu.

Svart sol kastar vit skugga, tänkte han och såg till slut stugan närma sig mellan träden.

36

När Karl svängde in på gårdsplanen såg han ingen aktivitet vare sig utanför eller inne i huset. Låg de fortfarande och sov eller?

Jessica skulle ju till skolan och även om Gabriella visserligen inte började jobba förrän tio på måndagar så borde hon väl hålla på att göra sig i ordning.

Henriks bil stod parkerad närmare huset än när Karl hade varit där och spanat på dem på lördagen. De hade alltså flyttat bilen av någon anledning. Vart hade de åkt med den, undrade han.

Trots att det var trångt ställde han sin egen bil mellan Henriks och huset. Liksom för att köra in en kil och blockera Henriks inflytande. Det var vad han tänkte i alla fall.

Sedan klev han ur bilen efter att i över en minut suttit och väntat på någon sorts reaktion på hans ankomst.

Den relativt nybyggda stugan luktade fortfarande starkt av trä. Den hade stått där lite drygt tre år nu och Karl hade varit avundsjuk sedan den byggdes.

Han hade i början fått ett flertal inbjudningar från Henrik, men han hade alltid haft något viktigt att göra, oftast jobbrelaterat, som gjort att han inte kunde följa med. Till slut hade de slutat fråga honom.

Gabriella och Jessica gillade stugan och var där då och då, ibland själva och ibland när Henrik var där. Karl gillade den egentligen också. Men det var inte hans stuga, det var Henriks och det gjorde att han inte stod ut. Han hade inte kontroll där. Han kände sig inte säker.

Om bara Henrik också hade haft en fru, eller en flickvän, då hade allt känts mycket bättre och enklare.

Först hade Karl tyckt att Henrik var ganska trevlig. Han hade varit Gabriellas vän sedan de var små. Men när de började jobba på samma reklambyrå också blev det lite för mycket för Karl. Han kände sig mer och mer utanför. Han tyckte det verkade som om Jessica gillade Henrik mer än honom också.

Kanske hade hon hellre velat ha Henrik som pappa istället.

Karl gick upp på farstubron och försökte samtidigt kika in genom fönstret till höger, in i vardagsrummet. Han såg ingenting så han tittade åt vänster för att se om det hände något i köket. Men solen blänkte och skogen speglade sig i rutan så det gick inte att se in överhuvudtaget.

Han såg att dörren var olåst och knackade därför några försiktiga knackningar och öppnade sedan själv dörren utan att vänta på svar.

"Hallå", sa han med dämpad röst.

I hallen hängde Gabriellas jacka på en galge och han kände igen hennes och Jessicas väskor som stod färdigpackade alldeles innanför dörren.

"Hallå", sa han igen med ännu lägre röst. Utan att erkänna det för sig själv ville han egentligen smyga in i huset för att se vad som pågick där utan hans vetskap. Han ville överrumpla dem. Han ville avslöja deras hemligheter.

När han tittade in i köket såg han Henrik och Gabriella sitta vid köksbordet med varsin kaffemugg. De satt tysta och tittade ner i bordsskivan. Henriks hand låg lite utsträckt, som om han ville att Gabriella skulle kunna nå den om hon ville. Bredvid Henriks hand stod den lilla svarta statyetten som Karl hade hittat i huset och gett till Gabriella. Varför hade hon tagit hit den?

Karl betraktade dem tyst några sekunder och insåg att de inte hade upptäckt honom än. Han rynkade pannan och undrade vad det var som pågick. Det låg en ton av allvar i luften. Han som hade förväntat sig att mötas av skratt och uppsluppenhet som han inte fick vara med på.

Egentligen hade han nog hoppats hitta dem i säng tillsammans och på så sätt få bevis för de misstankar han själv knappt ville kännas vid.

Att hitta dem här, tysta, bekymrade vid köksbordet var nästan värre. Det betydde att det var något annat som var galet, något som han inte hade märkt, som han inte hade en aning om.

Och det betydde att han var utanför igen.

Henrik hade tydligen fått veta något som Karl inte visste. Gabriella hade anförtrott sig åt Henrik och som vanligt hållit masken inför sin make.

Kanske var det för att han själv alltid höll Gabriella på avstånd som han nu misstänkte henne för samma sak.

Han var så van att ljuga att han tog det för givet att hon gjorde detsamma.

Karl förstod att de skulle upptäcka honom vilken sekund som helst. Han hade kunnat backa ut men bestämde sig för att stå kvar.

"Hallå, sa jag", sa han in mot köket.

Gabriella, som satt vänd mot honom, ryckte till och såg förvånat upp mot honom. Henrik vände sig om en aning långsammare och såg undrande på honom.

"Karl", sa Gabriella och reste sig upp.

De såg på varann några sekunder och Karl önskade att hon skulle gå fram och ge honom en kram. Men hon stod kvar och sprack inte alls upp i det där varma leendet han visste att hon hade inom sig.

Istället tog han ett par steg in i köket innan han stannade.

Ytterligare några sekunder av kompakt tystnad passerade innan Henrik harklade sig och sa:

"Hej Karl, vad för dig hit så tidigt på morgonen?"

"En överraskning", sa Karl automatiskt. Han hade tränat på det i bilen, men nu lät det helt fel. Det lät inte som han menade det längre. Han hade tappat sitt säljaransikte när han klev innanför dörren.

"Vad är det för överraskning", frågade Henrik och låtsades som om allting var helt normalt.

"Vad är det Karl", frågade Gabriella innan Karl hann svara på Henriks fråga. "Har det hänt något?"

"Nej", svarade Karl och försökte hitta tillbaka till sitt ljugaransikte igen. "Det har inte hänt något. Jag har en överraskning åt er bara. Jag tänkte hämta dig och Jessica så vi kunde åka tillsammans och titta på den."

"Jessica är på väg till skolan", sa Gabriella. "Såg du henne inte nere vid busshållplatsen?"

"Jodå", ljög Karl och började nu tro på sin falska röst igen. "Jag stannade och frågade om hon ville åka med mig. Men hon sa att hon ville ta bussen istället. Så jag åkte hit. Jag tänkte att jag får visa dig först."

"Visa vad då", undrade Gabriella och såg bekymrad ut.

"Överraskningen säger jag ju", sa Karl och var nära att tappa humöret. "Du kan få följa med du också", sa han sedan vänd till Henrik som såg lika bekymrat på honom.

"Vad har du gjort med benet", frågade Gabriella och såg på blodet som fläckat byxorna runt hundbettet.

Karl såg ner på benet och insåg att han glömt bort hur han såg ut. Blåmärkena efter misshandeln, den spruckna läppen, de sönderkliade myrbetten, den avrivna tumnageln och det infekterade hundbettet. Dessutom var han svettig och klibbig efter den starka upplevelsen i undersökningsrummet, där han också verkade ha sovit ett halvt dygn. Han borde ha tagit en dusch och bytt kläder igen innan han åkte hit. Fan, det gäller ju att hålla fasaden i gott skick. Hur kunde han brista i omdöme så, han som varit så noga hittills?

"Det är ingen fara", sa han irriterat. "Jag gjorde illa mig lite bara. Men skit i det, är det ingen som är intresserad av överraskningen eller?"

"Det kom lite oväntat bara", sa Gabriella.

"Det är för helvete det som är meningen med överraskningar", ropade Karl men lugnade snabbt ner sig. "Jag menar, förlåt att jag skrek, jag är lite uppspelt, jag ville bara överraska er. Jag trodde du skulle bli glad."

Henrik reste sig upp men stod kvar vid köksbordet. Gabriella gick fram till Karl medan hon försökte låta bli att titta på hans blodiga ben.

"Det är klart jag blir glad", sa hon och försökte sig på ett leende.

"Ja, det var liksom meningen", sa Karl och höll ut armarna som om han förväntade sig en kram. I själva verket tvingade han sig till den genom sin gest.

Gabriella omfamnade honom stelt och undrande med en kort blick mot Henrik som verkade minst lika osäker.

Karl tycktes slappna av lite men höll henne en aning för länge i sitt grepp. När han väl släppte tog hon två steg bakåt och såg på honom.

"Nu vill jag inte höra några protester, ni åker med mig så ska ni få se vad jag menar", sa Karl och lämnade inte utrymme för de protester Gabriella var på väg att fram- föra. "Jag skjutsar tillbaka dig sen, Henrik, så du kan hämta bilen. Det blir inga problem. Det löser sig. Jag lovar att ni kommer bli glada."

Henrik såg ut att vilja protestera men efter en kort växling av blickar mellan honom och Gabriella fortsatte han att vara tyst. Karl såg inget av det eftersom han vänt sig om och gått ut i hallen.

"Ska jag ta med mig väskorna", ropade han och tog med dem ut innan han fick något svar.

Han öppnade bagageluckan och stoppade ner väsk- orna. Sedan stod han och såg ner i luckan medan han väntade på att Gabriella och Henrik skulle komma ut. När ingenting hände stängde han luckan och ropade:

"Kommer ni nu då? Vi måste komma iväg nån gång!"

Gabriella kom ut på bron medan Henrik stannade i dörröppningen och tog på sig en svart kavaj.

"Måste vi ta det här just nu Karl", frågade Gabriella med något vädjande i rösten. "Det passar inte riktigt just nu, jag måste åka till jobbet och Henrik har annat för sig. Kan vi inte ta det ikväll istället?"

Karl suckade djupt och lutade blundande huvudet bakåt.

"Jag blir så jävla trött", sa han dämpat och tittade sedan skarpt på Gabriella igen. "Jag blir trött på att slita och jobba och försöka göra allt så bra som möjligt utan att nån ens bryr sig om det. Alla bara tar mig för given, jag är så jävla trött på det."

"Jag menade inte så", sa Gabriella och försökte lugna honom.

"Hur fan menade du då? Jag har slitit hela helgen för att ordna en överraskning och så är det ingen jävel som bryr sig. Fy fan."

"Förlåt Karl, jag ville inte att du skulle bli besviken", sa Gabriella utan att kunna annat. "Om det inte tar så lång tid kanske vi hinner åka och titta på din överraskning i alla fall."

"Nu är det förstört ändå."

"Nejdå, du har ju inte sagt vad det är än, då är det ju fortfarande en överraskning."

Karl hade lyckats manipulera henne dit han ville och öppnade i en falsk gest av vänlighet dörren på passagerarsidan åt henne.

"Jag tar min bil", sa Henrik och låste stugan efter sig.

"Så kan jag åka direkt till jobbet när vi är klara."

"Det behövs inte, jag skjutsar dig sa jag ju", sa Karl.

"Men det blir smidigare så."

"Det blir inte ett dugg smidigare, nu åker du med oss", sa Karl med den där irriterade, nästan hotfulla tonen igen.

"Henrik, du kan åka med oss", sa Gabriella. Kanske var det så att hon inte ville åka ensam i bilen med Karl.

Karl log, men inte av vänlighet, och öppnade med en överdriven gest även dörren till baksätet. Säljaransiktet kunde övertala vem som helst.

Henrik satte sig motvilligt och tog på sig säkerhetsbältet medan Karl smällde igen dörren efter honom.

Nu satt de där i hans bil, med rädda ansikten, utan att kunna göra något åt det. Han kände en viss tillfredsställelse av den makt han hade över dem. Nu kunde de inte lämna honom utanför, nu skrattade de inte åt något internt skämt som han inte förstod. Nu kunde de inte prata om honom bakom hans rygg längre.

Karl satte sig vid ratten och varvade motorn några gånger innan han körde iväg.

Gabriella höll krampaktigt i dörrhandtaget och Henrik tittade bort, ut genom fönsterrutan, och önskade att han var någon annanstans.

När de lämnade grusvägen och tog sig upp på asfalterad väg upphörde vibrationerna i bilen.

Karl kände det som om han befann sig i det mjuka lugnande ljuset igen.

Snart skulle de andra också förstå.

37

Det var tyst i bilen och ingen opponerade sig när Karl svängde in vid en bensinmack.

"Jag ska bara skaffa lite bensin, jag känner mig hungrig", sa Karl osammanhängande och smällde igen dörren efter sig.

Han gick in i butiken och såg sig omkring en stund innan han hittade en hylla med bensindunkar i plast. Av dem valde han ut en billig tiolitersdunk och fortsatte fram till kassan.

"Den här och tio liter bensin", sa han och ställde dunken på disken.

"Vilken pump har du tankat på", frågade kassören.

"Jag har inte tankat än, jag ska fylla dunken", svarade Karl irriterat.

"Ja, tyvärr måste du tanka innan du betalar."

"Men tio liter! Det går ju inte i mer än tio liter, det är väl bara att slå in det och ta betalt!"

"Nä, det funkar inte så, jag kan inte göra det. Du måste tanka först."

"Så jag måste köpa dunken, gå ut och fylla den och sen komma in igen och betala?"

"Tyvärr måste du nog göra det."

"Ge mig dunken och två kabanoss i french hotdog-bröd då för helvete."

Karl förstod att det inte var någon mening att försöka resonera så medan kassören gjorde i ordning korvarna drog han sitt betalkort och knappade in koden.

"Senap och ketchup", frågade kassören surt.

"Ja fan, häll på lite french-dressing också."

"Då blir det fem kronor till."

"Men för helvete, fem spänn för en jävla sträng dressing?"

"Det får väl ingå den här gången då", backade kassören när han såg Karls hettande blick.

"Tack så mycket", sa Karl något mindre aggressivt.

Han tog korvarna och dunken och gick ut till bilen. Han öppnade passagerardörren och sträckte fram den ena korven till Gabriella.

"Här, ät, ni är säkert hungriga."

"Nja, vi åt frukost precis innan du kom…"

"Ät och håll tyst, jag ska tanka."

Gabriella tog motvilligt korven och Karl försökte sträcka den andra till Henrik i baksätet. Han ville dock inte ta emot den och Karl manade på:

"Ta korven Henrik! Jag bjuder."

"Tack det var snällt, men jag äter inte korv."

"Men dom är jättegoda. Ta den nu!"

Henrik ville inte utmana den ton som fanns i Karls röst och tog motvilligt emot korven.

Irriterat stängde Karl dörren och gick fram till bensinpumparna där han fyllde dunken med 9,85 liter. Under tiden såg han Gabriella och Henrik äta sina korvar i bilen.

När han kom in i butiken igen ropade han:

"Nio komma åttiofem liter! Du hade ju tjänat om du tagit betalt för tio direkt."

"Det var ju synd", svarade kassören neutralt för att inte reta upp Karl mer medan han slog in summan i kassaapparaten.

"Jaja, du gör ju bara ditt jobb. Jag ska inte bråka med dig. Korvarna var populära i alla fall."

"Det var ju bra", sa kassören och pekade på kortläsaren. "Slå din kod."

Karl betalade och tog emot kvittot.

"Du, jag skulle ha haft ett vykort också", kom Karl på i samma ögonblick.

Kassören rörde inte en min utan pekade på stället med kort bredvid disken. Karl bläddrade snabbt genom de lokala motiven och tog ett neutralt skogslandskap med en starkt lysande sol.

"Ja, nu måste jag betala igen", sa Karl och drog kortet en tredje gång. "Har du ett frimärke förresten?"

"Sa du frimärke?"

"Ja, det sa jag. Frimärke."

Kassören tog fram ett frimärke och slog in det i kassan medan Karl snabbt slickade på det och fäste det på vykortet.

"Det är inget mer du ska köpa nu då", frågade kassören och var på väg att slå ut summan.

"Nej, om det inte kostar att låna en penna?"

"Det är gratis."

"Då var det bra."

Karl betalade och skrev sedan med den lånade pennan en adress och krafsade ner något otydligt i vykortets meddelandefält.

När han äntligen var klar stoppade han det i en postlåda som stod utanför ingången och återvände till bilen där korvarna verkade uppätna.

Gabriella tittade undrande på honom medan Henrik

fortfarande hellre såg ut genom sidorutan.

"Jag sa ju att dom var goda", sa Karl och startade bilen.

38

När Karl stängde bildörren på grusplanen utanför huset hade han ingen aning om att han skulle tillbringa de kommande tio åren som hemlös, familjelös och ständigt grubblande över varför han hade gjort det han nu var på väg att göra.

Ända sedan han vaknade upp från upplevelsen med ljuset och de viskande myrorna i husets källare hade han vetat vad som skulle hända. Konsekvenserna var däremot något som skulle komma till honom senare.

Allt hans framtida grubbel över orsakerna till det som nu var på väg att hända involverade saker som för en utomstående skulle verka väldigt logiska: Hans oförmåga att göra Gabriella med barn, hans misstankar om att Gabriella och Henrik låg med varann, hans misstankar att Jessica hatade honom och föredrog Henrik, hans känsla av att vara oduglig på jobbet medan Gabriella trivdes och utvecklades, hans känsla av att vilja ha kontroll och aldrig få det, hans rädsla för att misslyckas, hans frustration och mentala obalans efter helgens traumatiska upplevelser, hans totala missnöje med sitt liv.

Själv skulle han analysera allt detta år efter år och komma till samma slutsats varje gång.

Det var inte hans fel. Det var något som kommit in i honom medan han såg det där ljuset i källaren. Det var något i honom som fick honom att göra det han nu bara

175

var minuter ifrån att fullborda.

Något utnyttjade alla hans svagheter och fick honom att handla som han gjorde.

Det var den enda förklaringen.

Karl drog in den friska morgonluften i lungorna. Nu var det dags.

Han tog på sig sitt bästa försäljarleende, det var lätt nu när han var förberedd och hade kontroll, och öppnade sedan dörren åt Gabriella som skeptiskt satt kvar i passagerarsätet.

Om tio år skulle han komma tillbaka hit och leta efter ett sätt att bli av med ljuset som krupit in genom hans ögon och fäst sig som en parasit långt bak i hans medvetande. Om tio år skulle han kanske äntligen hitta ett sätt att släppa sitt grubblande.

"Kom nu så ska ni få se något speciellt", sa Karl med sin mäklarröst. Han hade inte använt den inför sin fru sedan de gifte sig, och hon såg osäkert på honom, ovan vid att behöva tolka ett beteende från sin man som hon inte var van vid.

"Kan du inte säga vad det är", sa hon och klev ut på det knastrande gruset.

Henrik klev ur när han såg att Gabriella gjorde det. Men han stod tyst och visste inte riktigt vad han skulle göra. Det såg ut som om han inte ville blanda sig i det spel som uppenbarligen pågick.

"Du vet det här projektet jag jobbat med", började Karl och gestikulerade att de skulle fortsätta mot huset. "Jag har fått klartecken från Håkan och vi ska börja bygga alltihop kanske redan om en vecka eller två."

Karl log och såg faktiskt ut att tro på vad han sa. Bara några dagar tidigare hade det varit en möjlig utveckling. Men nu visste han att det bara var lögn.

Gabriella såg inte ut att ha förväntat sig det svaret och Karl märkte att hon verkade tro honom.

"Det är sant", fortsatte han medan han tog fram nycklarna och låste upp dörren. "Jag och Johan kommer ansvara för alltihop, mest jag förstås, jag har fått fria händer."

"Men Karl", sa Gabriella, "det låter ju fantastiskt... Jag trodde inte det skulle gå så bra med din presentation."

"Jaså, det trodde du inte", sa Karl och höll på att tappa leendet.

"Nej", hann Gabriella inflika innan han avslöjade sig, "jag menar inte så. Jag trodde bara inte det fanns några pengar för det nu..."

"Har man en bra idé går det alltid att få loss pengar. Kom nu, så ska jag visa er nåt."

Karl sprang före uppför trappen och såg sig omkring på första våningen. Som om han var rädd att det skulle finnas någon eller något däruppe. Sedan kom han ut i trapphuset igen och ropade:

"Vänta där, jag ska bara ordna en sak häruppe först."

Han fortsatte halvspringande upp till andra våningen och såg Gabriella och Henrik viska upprört till varandra därnere. Stressat sprang han genom rummen och fortsatte sedan ända upp till vinden.

Där stannade han en stund, lätt andfådd, och betraktade fönstren som han långt senare skulle spika igen. Aningslös om framtiden betraktade han också bjälkarna i det renoverade taket och förstod inte att de fanns där av en enda anledning, med ett enda syfte. Han visste inte vad han skulle komma att använda dem till.

Däremot visste han vad han skulle göra nu. Det var helt självklart och han ifrågasatte överhuvudtaget inte sitt handlande.

Det var som om det var den naturligaste sak i världen.

Det gyllene skenet inom honom höll honom lugn och han såg nästan fridfull ut.

"Okej, nu är det klart", ropade han nedför trappen. "Jag är redo. Ni kan gå in i det stora rummet rakt fram på första våningen."

Han höll andan och lyssnade. Efter en stund hörde han hur de sakta gick uppför trappen och in på våningen under honom. Han log för sig själv och kände en viss upprymdhet.

"Jag är redo", sa han tyst för sig själv.

Äntligen var det dags för överraskningen.

39

Gabriella tystnade när hon såg Henrik flytta blicken från hennes ögon mot en punkt bakom henne och sedan skräckslaget rygga tillbaka.

Hon vände sig om och såg Karl stå där i dörröppningens mörker med en stor brandyxa i handen.

"Vad gör du, Karl", frågade Henrik med svag röst, som om han tappat andan.

Karl svarade inte, han bara stod där och tittade på dem. Det var något med hans ögon som inte stod rätt till, annars såg han ut som vanligt. Ingen ondskefull grimas, inga sammanbitna tänder, ingen fradga.

Det var bara den märkliga beslutsamheten i hans ögon som inte hade funnits där tidigare – den fick honom på något sätt att se främmande ut.

"Vad är det, Karl", frågade Gabriella oroligt. Hon hade uppenbarligen förstått att något inte stod rätt till när Karl kom ut till stugan, men blivit förvirrad av hans charmiga mäklar-leende i bilen.

Nu var det ingen tvekan längre.

Det var absolut inget som stod rätt till hos Karl längre.

Han stod där och såg på dem och de såg på honom.

"Vi ska nog gå nu", sa Henrik nästan viskande till Gabriella medan han rörde sig i en halvcirkel mot dörren.

Henrik försökte låtsas som ingenting, men undvek effektivt att se Karl i ögonen. Han tänkte försöka smita förbi Karl så obemärkt som möjligt. Gabriella avvaktade, kanske för att inte Karl skulle bli provocerad av att de båda försökte ta sig ut samtidigt. Hon stod kvar och tvärtemot Henrik, som gick med nedslagen blick, såg hon Karl rakt i ögonen.

Utan att släppa Gabriellas blick sparkade Karl Henrik hårt i magen när han försökte ta sig ut genom dörren.

Henrik stönade och föll framstupa på golvet, kippande efter luft.

Gabriella spärrade upp ögonen i chock.

Karl tog några steg fram mot henne.

"Vad gör du, Karl", frågade hon och försökte hålla rösten neutral.

Karl gav upp ett skärande skrik som om han blivit

plötsligt skrämd av hennes fråga. Sedan tystnade han och fortsatte lugnt se på henne.

"Det är ingen fara", sa han lågt. "Jag har bara en mardröm."

Hennes ögon började flacka i panik och hon darrade i hela kroppen. Hon såg sig om efter en flyktväg, men det fanns ingen annan dörr och det skulle vara meningslöst att försöka ta sig ut fönstervägen.

Sakta började Henrik kunna andas normalt igen och han försökte mödosamt resa sig upp. I samma ögonblick som Karl tog ett stadigare grepp om det tunga träskaftet han höll i ropade Gabriella:

"Nej, Karl! Inte yxan!"

När Henrik hörde ropet tittade han upp mot Karl som just var på väg att hugga mot honom. Han lyckades till viss del parera yxan med armen så att den träffade honom över nacken med bredsidan istället för med bladet.

Han föll bedövad till golvet igen och Karl tog några snabba steg fram till Gabriella. Med ena knytnäven slog han mot henne så att hon föll omkull med ansiktet mot golvet.

Snabbt vände hon sig om och såg Karl stå stilla framför henne med yxan beredd. Helt stilla stod han och stirrade utan att ens andas.

"Nej, sluta, du skrämmer mig", sa hon med gäll och tunn röst. Hela hennes kropp darrade och ryckte medan hon försökte krypa baklänges över det missfärgade trägolvet för att komma undan. Hennes bedjande ögon blänkte och hon kämpade för att hålla tårarna tillbaka. I hennes ögon var det inte längre en människa som stod över henne – det var något främmande som hon knappt förmådde se på.

"Det kan inte vara du", viskande hon med bortvänd blick och ögonen fylldes av tårar.

Karl tittade på henne, fortfarande med sin obegripliga min, och drog sedan hastigt efter andan.

"Vad du är vacker", sa han till henne.

I samma ögonblick började Gabriella gråta.

Vid dörren hade Henrik lyckats komma på fötter igen. Han såg skräckslaget på Karl och skrek bedjande:

"Vad fan gör du? Sluta! Sluta för helvete!"

Utan att bry sig om Henrik lyfte Karl yxan och måttade den mot Gabriella som bara hann skrika:

"Nej! Barnet!"

Sedan föll hugget. Hon försökte värja sig med högerarmen men yxan träffade henne i sidan av ryggen.

Blod började genast sippra fram genom tröjan och Gabriella skrek högt av smärta och skräck. Karl ryckte åt sig yxan och Gabriella föll ner på golvet.

Henrik stod som om han inte förstod vad han såg vid dörren med uppspärrade ögon och drog fortfarande lätt rosslande efter andan.

"Det kanske var tur att Jessica hann åka till skolan", sa Karl med obehagligt logisk röst. "Hur vuxen hon än låtsas vara hade hon inte velat se det här."

Han höjde yxan och högg den ytterligare en gång i Gabriellas rygg.

Den här gången träffade han bättre och det hördes ett bara ett dovt klafsande ljud när eggen trängde in i hennes kött och krossade benen i bröstryggen.

Gabriella tappade andan och tystnade genast. Det verkade som om hon försökte resa sig upp men helt saknade krafter för att klara det.

Över golvbrädorna under sig smetade hon med sina fruktlösa vaggande rörelser ut sitt eget blod.

Skaftet på yxan vibrerade med Gabriellas skälvande kropp och Karl fick en känsla av att det var något levande han höll i.

Yxan fortsatte röra sig i hans händer medan han såg på Henrik som stod i dörröppningen.

Karl undrade varför han bara stod där, helt stilla utan att göra något, trots det som pågick i rummet.

"Vad väntar du på", frågade Karl till slut.

I samma ögonblick började Henrik springa. Han tog sig ut i trapphuset och kastade sig nedför, tre-fyra steg i taget, medan Karl kom efter med yxan.

40

Huset stod där i lugn och ro. Svalorna dök som vanligt efter insekter över parkeringen. Hade byggnaden blivit ett sanatorium, som det var tänkt från början, hade det nog blivit väldigt populärt. Närheten till sjön, skogen och den omgivande miljön hade säkert gjort gott för de sjuka.

Militärerna som flyttade in istället brydde sig bara om att det låg avsides till. Ingen skulle störa deras aktiviteter så långt bort från allmän väg. Här skulle aldrig någon dyka upp oanmäld. Det var ett perfekt ställe att inhysa hemligheter och utforska dem i lugn och ro.

Henrik förstod direkt att det inte fanns någon i närheten som skulle kunna hjälpa honom. Så han slösade inga krafter på att skrika när han sprang så fort han kunde ut över grusplanen, förbi Karls bil, bort mot den låga björksly som skulle komma att växa till en tät snårskog under de närmaste åren.

Utan att veta vart han skulle ta vägen siktade han rakt ut i skogen och tänkte diffust att han inte skulle springa längs vägen eftersom Karl då kunde följa efter honom i bilen.

Efter ungefär trettio meter trodde han först att Karl hade stannat i huset och att han skulle kunna sakta ner en aning. Sedan såg han sig över axeln och upptäckte att Karl precis hoppade nedför trappan utanför huset och slängde ifrån sig yxan för att kunna springa fortare.

Karls blick var fullständigt fokuserad på Henrik och Henrik förstod att om Karl hann ifatt honom skulle han dö.

Det var ett sånt där ögonblick som är så koncentrerat att allt tycks gå i slow-motion. Båda männen tog i så musklerna skrek av smärta och ändå tycktes allt gå väldigt sakta medan de rörde sig bort genom de låga buskarna.

Varje steg var flyktigt men evighetslångt.

Gruset gled sakta undan i luften bakom deras fötter.

Alla högre hjärnfunktioner kom i skymundan. Nu var det lillhjärnan och ryggmärgen som styrde kroppen. All fokus och energi lades på flykt. Binjurarna pumpade ut adrenalin i fullt flöde och hjärtat tycktes vibrera av den plötsliga ansträngningen.

Alla kemikalier som fyllde Henriks kropp gav honom en känsla av att nästan sväva fram över marken. Hade han inte sprungit för sitt liv hade det varit en angenäm upplevelse.

Terrängen började kupera sig och det blev svårare att hålla samma höga hastighet. Det blev allt krångligare att hålla balansen och hinna se var det gick att sätta fötterna.

En ilande känsla längs ryggen skrek om att faran bakom honom närmade sig.

"Sluta", skrek han högt och panikslaget.

Men det var förgäves. Karl närmade sig obevekligt och var nu bara några meter bakom honom.

Sakta började Henrik inse att han inte skulle hinna undan. Karl skulle hinna ifatt honom när som helst. Det var nu bara en fråga om sekunder. Henrik ångrade att han inte tränat mer, utnyttjat gym-kortet, tillbringat mer tid i löparspåret.

Men hur skulle han ha kunnat veta att det var så här det skulle sluta.

Ett ögonblick undrade han vad det var han hörde rassla i Karls ficka. Det lät som om han hade en tändsticksask eller någon liten burk i fickan som skallrade medan han sprang.

Då kände han en hand som grep tag i hans axel. Sedan sparkades hans ben undan och han föll ner bland grenar och grus med armarna först. Han rullade runt och kände hur han skar upp händerna och smärtan i handlederna fick honom att tro att han brutit dem.

För ett ögonblick tappade han helt orienteringen och såg bara suddiga färger omkring sig men sedan fick han syn på Karl som kastade sig över honom.

Innan Henrik ens hade slutat rulla satt Karl över honom och klämde fast hans armar med sina ben. Henrik hade hamnat på rygg och flåsade våldsamt med tårarna rinnande ur de vilt uppspärrade ögonhålorna.

Karl höll fast honom och andades lika hastigt medan han betraktade Henriks röda ansikte.

Först försökte Henrik sprattlande ta sig loss, men sedan svek krafterna och han blev stilla. Så låg han en stund med bortvänd blick innan han vågade titta upp. Då såg han Karls ansikte och tyckte plötsligt att han inte alls såg hotfull ut.

"Herregud Karl, vad du skräms", sa han och skrattade hysteriskt till som om alltihop bara var ett skämt.

Henrik tyckte sig se ett vänligt leende på Karls läppar och gjorde en ansats att vilja resa sig upp. Men han hölls stadigt fast i Karls grepp.

"Jag trodde du menade allvar", sa Henrik i ett sista försök att förtränga vad som höll på att ske. Han skrattade och försökte tro på vad han sagt.

Karl ändrade sakta ställning och Henrik trodde faktiskt att han skulle kliva av honom. Hade han bara haft vänsterarmen fri skulle han ha tittat på klockan.

När kroppen inte kunde ta sig undan försökte han fly mentalt. Han inbillade sig att det bara varit en lek. Att han nu skulle få kliva upp och åka hem. Han hade viktiga saker att göra på jobbet, tider att passa, en vardag att återgå till efter den här märkligt obehagliga helgen. Karls överraskning hade varit rolig, ville han säga, men nu måste han få ge sig iväg. Han gjorde sig beredd på att få kliva upp.

Då krossade Karl hans framtänder med en stor grå sten som han böjt sig åt sidan och plockat upp i sina båda händer.

Henrik förstod först inte vad som hände. Han kände bara en krasande känsla i munnen och undrade varför Karl hade stoppat en stor knastrande kotte i munnen på honom. Han kände tändernas flisor och tänkte på en vidgad grankottes fjäll.

När Karl slog igen och träffade näsan sköt smärtan rakt in i hjärnan och slog ut hans synnerver så han förlorade synen.

Instinktivt började han sprattla med benen för att komma loss, men när stenen dök ner över hans tinning föll de slappt ner på marken igen.

Karl reste sig hastigt upp och såg Henriks byxor mörkna i skrevet.

Med sörplande andetag kippade den döende kroppen efter luft medan den vispade i luften ovanför sig med de ännu rörliga armarna.

Som om han funderade på att springa efter yxan såg Karl mot huset ett par sekunder innan han böjde sig ner på knä och fortsatte slå mot Henriks huvud med den tunga stenen.

Gång på gång slog han och förvandlade ansiktet till en röd bubblande sörja.

Han slog tills alla rörelser i kroppen på marken framför honom upphörde.

Han slog tills det inte längre gick att se vem kroppen en gång varit.

Då reste han sig upp igen och slängde den kladdiga röda stenen åt sidan innan han hämtade andan. Han backade undan från kroppen och torkade svetten ur pannan med handflatan.

Därefter gick han fram och drog våldsamt av kläderna från kroppen. För första gången visade han tecken på stress när han med darrande händer kämpade med bältesspännet innan han kunde dra bort byxorna, kalsongerna och strumporna.

Först när kroppen låg där helt naken och förvriden samlade han ihop kläderna och sprang med dem i famnen tillbaka mot huset.

Medan Karl försvann och lugnet inträdde bland buskarna sipprade blodet sakta ner och ut över den grusblandade jorden under Henriks deformerade döda kropp.

41

När Karl kom tillbaka till huset stannade han i trapphuset med Henriks kläder i famnen och lyssnade. Ett ljud hördes uppifrån som han inte hade hört förut.

Det var Gabriella som blödande och flämtande släpade sig över golvet på första våningen, på väg mot trappen.

Av någon anledning ville Karl sjunga eller kanske bara skrika. Men han förmådde sig inte att öppna munnen. Därinne växte mängden saliv och han ville inte svälja.

Han hade nämligen fått någon sorts övertryck i öronen som lade ett dämpande lock på alla ljud. Om han svalde skulle hörseln komma tillbaka till normal nivå, och just nu var han ganska nöjd med att inte behöva höra alla detaljer så noga.

Med sammanbitna käkar sprang han upp en våning och såg Gabriella ligga i dörröppningen till trapphuset.

Karl tyckte att hennes långsamma krypande påminde om en döende snigel med sitt långa blodiga spår efter sig.

Hon upptäckte honom inte förrän hon hasande stötte i hans fötter. Då stannade hon och försökte vrida sig på sidan så att hon skulle kunna se upp mot honom.

Sakta rörde hon på läpparna men rosslade bara fram stötvisa, osammanhängande ljud. Då fick hon syn på kläderna Karl höll i handen och tystnade. Han förstod att hon kände igen dem och slängde dem åt sidan.

Gabriella följde deras långsamma fall med blicken. Sedan låg hon stilla och försökte andas.

Karl böjde sig fram och lät all saliv han samlat i munnen rinna ut över henne som långa sega strängar. Spottet blandades med blod och rann vidare ner på golvet.

"Du är visst inte mottaglig för nånting du", sa han tomt.

Gabriella försökte inte ens svara, hon bara stirrade på klädbyltet Karl slängt undan.

"Undrar du varför jag har Henriks kläder? Kom så får du se", sa Karl och grep tag om hennes ben. Han vred runt henne och började dra henne uppför trappan till andra våningen.

Hon skrek av smärta och bubblade av blod som nu trängde in i lungorna och ut genom luftstrupen.

Trots att hon var relativt lätt var det tungt arbete att släpa henne uppför de kantiga trapporna. Karl drevs enbart av adrenalin nu, hela hans kropp darrade våldsamt, och lyckades därför få upp henne på bara några minuter.

"Sluta skrika", ropade han åt henne och släppte benen. "Jag ska bara visa dig nåt."

Skriken dämpades till jämranden och hennes blanka ögon stirrade upp ur hennes av tårar och blod kladdiga ansikte, rakt upp i taket.

Karl lyfte upp henne och drog henne in i det lilla inre rummet med fönstret mot gårdsplanen. Där tryckte han henne mot fönstret och pekade ut.

"Därute har du honom. Ser du? Titta noga, den bleka klumpen vid den där lilla mörka upphöjningen. Han syns jättetydligt."

Gabriella försökte fokusera ögonen men lyckades inte. Hon hade inte längre någon kontroll över sin kropp. Den var på väg att ge upp.

"Ja, där ser du", sa Karl och antog att hon hade sett Henriks nakna kropp skymta bland buskarna därute. "Så går det. Tycker du jag ska gräva ner honom eller hoppas att han blir uppäten av fåglar?"

Blodet rann ner i lungorna igen nu när hon hölls upprätt och hon fick allt svårare att andas.

"Du kan väl i alla fall svara", sa Karl irriterat och släppte ner henne på golvet igen. Han stirrade ut mot den nästan vita fläcken i det gröna och tyckte för ett par sekunder att den rörde sig. Sedan förstod han att det var en svag vind som hade börjat få buskarna att vaja.

Utan förvarning kastade han sig ner över Gabriella igen och grep tag om hennes nacke och axlar. Sedan drog han fram henne till det för rummet överdimensionerade gamla elementet och dunkade hennes ansikte i den hårda metallen.

Om och om igen slog han hennes huvud för varje gång längre och längre in mellan de smala, vassa elementflänsarna. Varje dov köttig duns trasade sönder hennes näsa, läppar, mun till samma röda sörja som Henriks ansikte hade förvandlats till av den tunga stenen.

Det var som om han var tvungen att bli av med deras ansikten, utplåna deras identiteter, radera hela deras existens, så han kunde glömma att de ens hade existerat.

Till slut släppte han henne och hon sjönk ner i en pöl av sitt eget blod.

Karl backade undan och råkade svälja. Det knäppte till i öronen när de tryckutjämnade och plötsligt hörde han klart igen.

Han hörde nu för första gången Gabriellas ljud.

Det var inte längre så mycket andetag som gurglande kväljningar.

Karl drog häftigt efter andan och skrek allt han orkade rakt ut.

42

Steg för steg bar Karl den döende Gabriella nedför trapporna och stannade inte förrän han var långt inne i källaren, inne under den tryckande tyngden av alla våningarna ovanför honom. Det var som om han bar hela huset i sina armar.

Oväntat försiktigt lade han ner henne i ett av de två badkaren i det kakelbeklädda rummet. Utan att se på resterna av hennes ansikte började han ta av hennes kläder. Sakta drog han bort plagg för plagg tills hon låg naken och röd. Då vände han sig bort och försvann ut igen. Rummet lämnades tyst så när som på ett svagt väsande från ventilationssystemet.

Medvetslös och utan synlig andhämtning låg Gabriella och fyllde det vita badkaret med sitt blod. Nu var det inte långt kvar.

Efter en minut kom Karl tillbaka med bensindunken han hämtat ur bilen, samt en spade och en stor hacka han hittat tidigare i en av lådorna militären lämnat kvar i källarens första rum.

Utan en blick på Gabriella angrep han golvet lika plötsligt som han tidigare gett sig på sin fru med yxan. Det vita kaklet sprack och flisades som Henriks tänder under hackans hårda blad. Han högg frenetiskt och tycktes nu för första gången visa aggressivitet när han blev högröd i ansiktet och spottade, svor och morrade mellan huggen.

Han hämtade hinkar och rep för att lättare hissa upp gruset ur det allt djupare hålet när det blev svårare att nå upp över kanten. Sakta tog han sig ner genom den illa konstruerade grunden och efter några timmars oavbrutet arbete var han nere i marken och började få upp sten och jord.

Till slut klättrade han med värkande rygg upp ur hålet och snubblade ut till staplarna med trästolar i källarens yttre rum. Dessa släpade han sedan med sig tillbaka till rummet med badkaren. Där bröt han sönder stolarna så gott det gick och slängde delarna i det stora hålet han hackat upp i golvet. Det var nästan som om han byggde ett fågelbo. Ett stort Fenix-bo.

När han var färdig sjönk han smutsig, svettig och blodig ner i det tomma vita badkaret för att en kort stund vila sin fullständigt utmattade kropp.

Som om de sov i varsin säng låg Karl och Gabriella bredvid varann.

Gabriella skulle dock aldrig vakna igen.

Blodet runt henne hade stelnat och hennes enda hela öga stirrade halvöppet och matt in i den fläckiga emaljen utan att blinka.

Utmattad låg Karl i badkaret och blundade. Snart skulle det vara över.

Han föreställde sig en annan Gabriella än den trasiga kropp som nu vilade bredvid honom. Han såg framför sig den unga vackra kvinna han först hade blivit kär i. De följande åren hade plötsligt aldrig inträffat och skulle nu aldrig mer komma att inträffa.

För honom skulle hon förbli sådan som hon såg ut den första gången de låg med varandra. Naken och vacker. Hon skulle alltid lukta som då. Hennes röst skulle alltid vara så glad som den var då. Nu skulle hon vara som hon borde vara för alltid.

Medan han tänkte på henne, levande och kåt, drog han ner sina byxor och började smeka sig. Ovetande om att en likadan handling tio år fram i tiden skulle väcka henne till liv igen gned han blundande sin lem med sin lortiga näve.

Ett svagt guldgult sken spred sig oförklarligt i badkaret. Precis som när han stod i badrummet hemma i lägenheten några dagar tidigare. Det var som om han uppfylldes av en varm och strålande sol. Han uppfylldes av det fosforescerande ljuset och blundade leende med sin underbara fru i tankarna.

Medan han återupplevde sitt livs lyckligaste stund kom han i sin hand och blandade en sörja av jord, blod och sperma som slöt ett sigill över Gabriellas död, stängde in henne i det extatiska tillstånd Karl just då föreställde sig henne i.

Hans ritual kapslade in mörkret och förband dåtid med nutid.

För ett ögonblick såg han samma starka sken som han sett medan han låg på britsen i rummet intill kvällen innan. Det rann som av stjärnor och gnistor framför honom och han tyckte sig sväva i en allomfattande, nästan religiös, strålande varm gemenskap. Han kände en närvaro, något befann sig inom honom för ett ögonblick och han log av glädje över det vackra väsen som svävade med honom i ljuset.

Var det en ängel som funnits i honom?

För en stund var han lycklig igen. För en stund kändes

det som om han levde och ville leva och allt snurrade runt för honom och han kände knappt att han börjat falla. Det tog bara några sekunder innan ljuset försvann som i ett blixtsken och han föll tillbaka ner i mörker.

Förundrad och förvirrad misstog han mörkret för svart ljus.

43

När ljuset inom honom hade övergivit honom, och han tyckte sig sväva helt ensam i mörkret, kände han sig naken och förlorad. All drivkraft och motivation hade upphört och han kände sig tung och trög – trubbig, som om han höll på att bli förkyld.

Han kände sig dessutom övergiven. Som om han hade haft någon med sig sedan den där första gången han kom till huset. Övergiven och otrygg i sin ensamhet, utan någon röst som gav honom råd och lugnade honom, berättade hur bra allt skulle bli.

Sakta öppnade han ögonen och reste sig stelt och mödosamt upp ur badkaret. Han torkade så gott det gick sina kladdiga händer på byxorna och försökte rätta till sina kläder.

Nu var hans orubbliga min lätt förvriden och han såg desperat skräckslagen ut medan han fortsatte kasta ner trä från sönderbrutna möbler i gropen. Han skulle avsluta vad han hade påbörjat vare sig ljuset var med honom eller inte. Det var tvunget att fullbordas annars skulle allt vara förgäves, tänkte han.

Medan han, utan att egentligen se på henne, lyfte

Gabriellas kropp ur badkaret och lade henne överst på det likbål han hade byggt, ringde hennes mobiltelefon, som låg i klädbyltet bredvid badkaret, i över en minut. Om han inte hörde det eller bara ignorerade signalen är svårt att säga, men till slut tystnade telefonen obesvarad.

Med ansträngda andetag öppnade Karl sedan bensindunken och hällde innehållet över Gabriella. Bensinen sköljde hennes trasiga ansikte rent från blod och fick henne att se ännu mer makaber ut. Karl kunde inte se på henne. Hon fanns inte längre där med honom.

Då ringde hans egen mobiltelefon.

Karl ignorerade signalen och fortsatte hälla ut vätska över träspillrorna i gropen. När dunken var tom slängde han ner den också och letade i fickorna efter något att tända eld med.

Istället fick han upp mobiltelefonen. Det var Jessica som ringde. Utan att tänka sig för svarade han.

"Ja, det är Karl."

Det dröjde ett ögonblick innan Jessica sa något. Det var som om hon hade något att berätta, men inte visste hur.

"Ja... det är Jessica. Vet du var mamma är? Jag har försökt ringa henne."

"Nä, hon är väl på jobbet", sa Karl och försökte låta normal. I själva verket hade tårar trängt fram i hans ögon och ansiktet förvreds sakta i en skräckslagen grimas.

"Hon har inte kommit dit än. Henrik svarar inte heller."

"Du, jag står lite illa till, kan jag ringa upp dig senare?"

Karl kämpade för att hålla rösten under kontroll. Det

var som om hans röst var någon annans, något som kom utifrån. Det var hans mask som talade medan han själv höll på att gå under bakom den.

Jessica tvekade. Det lät först som om hon tänkte säga nåt, men sen ändrade sig.

"Ja, gör det. Hälsa mamma att ringa mig direkt om du hör av henne, lova det."

"Det ska jag göra. Ta hand om dig nu så ringer jag dig senare", sa Karl och lade på innan hans röst förvreds till ett ynkligt gnyende.

Tårarna rann ur hans ögon och allt var suddigt och smakade salt.

Halvt automatiskt lyckades han få fram tändstickorna ur fickan och trots att fuktiga tårar föll ner i asken lyckades han stryka eld på en sticka. Han släppte taget och lät den falla ner på det bensinindränkta bålet. Sedan vände han ryggen åt det eldhav som steg upp likt en vägg bakom honom.

Han lämnade rummet utan att se sig om.

Lågorna slickade taket och vrålade ilsket medan han smällde igen dörren och låste efter sig.

Svart brus darrade framför hans ögon och det lät som en svärm av bevingade insekter surrade i hans öron medan han raglade uppför trappen som berusad.

Det skulle dröja tio år innan han försökte ringa Jessica igen.

Nu hade han lämnat verkligheten bakom sig.

44

Om man, sida vid sida, hade kunnat jämföra den Karl som ännu inte hade upplevt den där ödesdigra helgen för tio år sedan med den Karl som nu stod framför fönstret på vinden, hade man sett hur otroligt sliten och åldrad den äldre av de båda hade blivit.

Han hade vandrat långt sedan den där kvällen i källaren. Sedan den sista dagen utan skuld, ånger och skam. Han hade sedan dess burit dessa tre tunga stenar i sitt bröst utan att kunna släppa dem. I tio år hade han hoppats hitta ett sätt att avlasta bördan, men han blev bara äldre, och stenarna tyngre.

Nu hade det sista hopp han haft, att kunna lämna alla sina känslor här i huset där han hade tagit på sig dem och sedan gå vidare, gått om intet.

Karl orkade inte längre.

Tankarna på vad han hade gjort överväldigade honom. De gick inte hålla på avstånd längre. De var allt som fanns i hans huvud. Vare sig influensen kom utifrån eller det bara var hans egen bortförklaring så var det han som hade gjort det. Det var han själv som hade förstört allt.

I händerna höll han repet han använt för att hissa upp vattenhinkarna ur brunnen.

Han fingrade på den sträva hampan i det gamla repet och såg tomt och uttryckslöst ut genom en av gliporna mellan plankorna över det förspikade fönstret.

Alla andra känslor hade krossats under tyngden av de tre stenarna inom honom och det var som om han redan var död. Han hade nog sett sig själv som död i tio år. Han hade bara gått vidare och väntat på att även hans kropp skulle försvinna.

Det enda han ångrade nu var att han inte hade fått tag på Jessica. Han hade velat prata med henne en sista gång. Han hade ju lovat att ringa tillbaka. Men nu var det för sent.

Han visste att mörkret var på väg upp från källaren. Han kände det i hela kroppen och den här gången gjorde det honom inte orolig. Han visste att det här var vad som skulle hända, den mörka kvinnan skulle naturligtvis vara med nu när han nådde målet.

En sorts lättnad trängde sig fram inom honom och han kände sig varm i magen. Han hade väntat så länge på att komma hit och nu var det dags. Nu fanns det ingen återvändo. Nu var beslutet taget, nu var det bara att i verkligheten genomföra det han så många gånger föreställt sig i fantasin.

Hjärtat slog hårdare på honom nu, det slog av förväntan, och han började sätta sin plan i verket.

Först lyfte han bort sakerna från stolen han haft som sängbord och ställde den under en av de nakna takbjälkarna mitt i rummet. Sedan satte han sig och började mödosamt knyta en snara i repets ena ände.

Det var svårare än han hade trott. Flera gånger fick han börja om innan han fick till något han var nöjd med.

Till slut klev han upp på stolen och hivade snaran över bjälken innan han knöt fast den i lagom höjd.

När det var färdigt klev han ner igen, ställde sig under snaran och såg upp mot den.

Nu återstod bara några små saker att göra, sedan var han färdig.

Med en av de tomma vattenhinkarna gick han till det bortre hörnet av vinden och tömde blåsan så gott han kunde. Där lämnade han hinken och återvände till madrassen. Han letade i ryggsäcken fram sin så gott som tomma plånbok och tog fram sitt gamla utgångna körkort. Det lade han på golvet intill madrassen så det skulle synas tydligt. Kanske fanns det personer som ville veta vem han var, kanske fanns det någon som ville ha svar.

Kanske skulle Jessica vilja veta vad som hände med honom till slut.

Mest av gammal vana tog han sedan några klunkar vatten för att fukta sin torra strupe. Sedan tittade han på flaskan och insåg vad han höll på med. Han kostade på sig ett litet leende och lade undan flaskan.

Han var fullständigt lugn.

Nu kände han de där förhatliga känslorna som hade malt och skavt inom honom blekna bort och försvinna.

Till slut fanns det i stort sett inget kvar inom honom, han började förinta sig inifrån. Han försökte upphöra att existera mentalt innan kroppen skulle göra det.

Utan brådska gick han fram till stolen och snaran och nynnade halvt omedvetet en otydlig melodi medan han desarmerade de sista spärrarna inom sig. Känslorna av självbevarelsedrift hade tryckts ner i ryggraden och behövde nu bara några ögonblick på sig för att acceptera och foga sig i hans beslut.

När han klev upp på stolen var blicken helt tom.

När han drog åt snaran och kände det sträva repet

runt halsen började tårarna rinna igen. Den sista resten av mänsklighet läckte ur honom.

Han stod helt stilla en stund.

Alla sinnen utom hörseln var bedövade och hade slutat ge signaler. Synen var suddig och känseln hade försvunnit medan pulsen susade högre än någonsin i hans öron.

I det skumma suddet framför sig anade han hur en mörk skugga sakta gled fram och stannade på golvet framför honom. Det var gengångaren som i sitt skal av mörker stod och såg på honom med sina skarpa ögon. Ett regn av tårar föll från Karls ögon och tvättade bort svärtan, jorden och leran, så att en kritvit naken kvinnokropp framträdde ur det förkolnade skalet och dess mörker.

Det var Gabriella som stod framför honom, blek och död men lika vacker som han mindes henne. Hon stod där och såg honom gråta livet ur sig.

Äntligen, tänkte Karl. Ljuset han burit inom sig var borta sedan länge. Ljuset, som hade fått honom att göra det otänkbara, hade lämnat honom och det var dags att möta konsekvenserna av hans handlingar. Han hade fått henne att stanna och hon hade tålmodigt väntat på honom. Det var så länge sedan de var tillsammans, men nu var det äntligen dags.

Gabriella hade kommit för att ta honom med sig.

Karl kände hur han inte längre befann sig i bara sin kropp. Sakta hade han runnit över och sipprat ut i huset så att han kände varenda sprucket fönster och varenda flagnad tapet klia och värka. Han kände närvaron av alla de som befann sig i husets kropp.

På något sätt fyllde det älskande paret framför kameran på våningen under honom med kraft nog att nå ut runt alla rum och känna dess vibrationer. Deras akt var även den som en ritual och den gav även Gabriella kraft nog att slutligen fokuseras fullständigt framför Karl däruppe på vinden. De var för ett ögonblick sammanbundna under ett sigill av kärlek och åtrå.

Plötsligt tyckte sig Karl höra kvinnan på våningen under skrika ut sin kulminerande njutning. Om hennes klimax i det ögonblicket var ett otroligt sammanträffande eller bara önsketänkande visste han inte. Och nu brydde han sig inte om vilket.

Han drog häftigt efter andan och sparkade undan stolen.

Det ryckte till i nacken och knakade i ryggen, det kändes som huvudet skulle explodera.

Han förstod att det var hans gungade fram och tillbaka i repet som fick takbjälken att knaka. Han gungade eftersom han inte hade någon som helst kontroll över sina våldsamt sprattlande lemmar.

Han hörde ett obehagligt gurglande ljud tränga upp ur strupen men kunde inte få det att sluta.

En euforisk känsla spred sig plötsligt och snabbt genom hela hans kropp.

Han trodde för ett ögonblick att han egentligen älskade med Gabriella. Han kände hennes doft så tydligt att han var säker på att hon svävade där intill honom.

Han var tillbaka i hennes famn och han sjönk djupare och djupare in.

Hon var äntligen där för att hämta honom.

Han släppte alla muskler och lät henne ta hand om honom.

I samma ögonblick upphörde hans sprattlande och gurglandet tystnade.

Sakta svängde han fram och tillbaka som en pendel över golvet.

Till slut var allt stilla.

Karl hade äntligen släppt sin börda.

Efterord

En gång i tiden jobbade jag som filmregissör och drev ett produktionsbolag med några vänner. Vi var ofta ute och letade efter spännande inspelningsplatser som vi kunde använda i någon film. Vid ett tillfälle blev vi insläppta i ett övergivet hus i utkanten av Östersund.

Medan vi gick runt och jag fotade referensbilder började ett frö till en historia växa inom mig. Stämningen av förfall var inspirerande. Kanske skulle jag kunna skriva ett story som utspelade sig helt i detta hus?

När jag kom hem skrev jag ner några idéer till en sorts skräckfilm som skulle heta Sanatorium. Det blev dock inte så mycket mer av det. Däremot väckte den igenvuxna grusplanen utanför en annan idé. Jag fick för mig att en sliten man kämpade sig fram genom grönskan bärande på en hemlighet.

Ett tag senare åkte vi tillbaka till huset och filmade en musikvideo (samt en improviserad kortfilm). Tanken på mannen med hemligheten väcktes till liv igen och jag började skriva ett manus till en kortfilm som var ett rent drama till skillnad från den skräckfilm jag först tänkt mig. Något hemskt hade hänt mannen och han försökte i sin ensamhet reda ut vad.

Men huset ville också vara med. Det trängde sig på och mannens nätter i huset började bli allt obehagligare. Fragment av den tidigare filmidén kröp tillbaka in som ett kompakt mörker. Jag insåg att det här var en större berättelse än vad som ryms i en kortfilm. Jag skrev ner fler konceptidéer och lärde känna Karl, Gabriella, Jessica och deras dysfunktionella familj.

Samtidigt började vårt produktionsbolag upplösas och det var inte längre läge att göra någon mer långfilm. Då började jag istället tänka på berättelsen som en roman. Ödehuset var ett övergripande nexus för flera historier. Förutom de tre i familjen fanns det ytterligare några personer vars öden var mer eller mindre kopplade till huset. Romanen växte till en hel svit böcker.

Vid den här tiden sökte förlaget Oddbooks efter ny och udda svensk litteratur. De ville ha något utöver den tråkiga mainstream-fåran. Jag tänkte att det passar mig och eftersom Karls berättelse var den mest utvecklade så gick den snabbt att skriva färdigt och skicka in.

Lätt desillusionerad över att inte riktigt nå ut med mitt skrivande hade jag börjat tvivla på mitt författande. Så när förlaget sa att de ville ge ut min bok var det inte bara ett glädjande besked, det blev även anledningen till att jag överhuvudtaget skrev färdigt dessa berättelser.

Att vara publicerad på ett förlag har sedan dess varit det jag oftast nämner som min hittills främsta merit i livet. Därför kommer jag vara evigt tacksam över att Fred Andersson 2011 gav ut den första utgåvan av Alla bär en skugga på Oddbooks. Stort tack Fred!

Nu är det 2020 och de tre första böckerna i sviten bör finnas i tryck innan året är slut. Jag är glad över att äntligen kunna dela denna värld av skuggor och mörker med er. Det lite otäcka kan ju ofta vara väldigt spännande.

Fortsättning följer.

Markus Widegren, augusti 2020.

Tidigare utgiven
i denna romansvit

Ett sprucket kärl

"Smärtan trängdes undan från hennes medvetande för ett ögonblick och det enda som fortfarande existerade i hennes värld var det gråtande spädbarnet hon försökte skydda i sina armar. Vad som än hände skulle hon inte sluta springa förrän de var i säkerhet."

Gabriella håller på att tappa greppet om tillvaron. Mörkret och rastlösheten växer inom henne medan maken är upptagen med karriären och dottern är på väg att bli vuxen.

I ett försök att få familjen att hitta tillbaka till varandra hamnar Gabriella i en obehaglig härva av lögner och hot som istället för henne djupare in i sönderfallet.

Utgiven 2020 | 256 sidor | ISBN: 9789178510542